Sibylle Berg

Vier Stücke

Sibylle Berg

Vier Stücke

Mit einem Vorwort von
Sibylle Berg
und einem Nachwort von
Niklaus Helbling

Philipp Reclam jun. Stuttgart

RECLAM TASCHENBUCH Nr. 20168

Reihengestaltung: büroecco!, Augsburg
Umschlaggestaltung: Eva Knoll, Stuttgart, unter Verwendung
eines Autorenfotos © Katja Hoffmann, Berlin
Gesamtherstellung: Reclam, Ditzingen
Printed in Germany 2008
RECLAM ist eine eingetragene Marke
der Philipp Reclam jun. GmbH & Co., Stuttgart
ISBN 978-3-15-020168-8

www.reclam.de

Inhalt

Wünsch dir was! Broadwaytaugliches Musical
(Uraufführung Schauspielhaus Zürich, 2006)

Vorwort

»Es wundert einen, dass die Leute immer noch ins Theater gehen, nach allem, was sie in der Schule durchgemacht haben.«
Orson Welles

Finde ich mich in einem Theaterfoyer umringt von Menschen, die meine Kinder sein könnten – es gottlob aber nicht sind –, dann läuft was falsch. Ein Theater, in das Zwanzigjährige strömen, ist mir zutiefst unsympathisch. Vermutlich hat das Theater manchmal noch den Ruf, hip zu sein. Es macht Späßchen mit Rockstars und Comedians. Auf jeden Fall ist es anbiedernd und also abzulehnen. Junge Menschen haben im Theater nichts zu suchen. Da geht man hin als Kind, vielleicht noch als verwirrter Pubertierender, um den Schmerz der intellektuellen Qual auszukosten, also in jener Zeit, da man glauben mag, dass nur Bedeutung hat, was keine Freude bereitet – aber danach muss Ruhe sein. Ablehnung. Revolution. Ekel.

Theater ist für die Generation der Eltern, ist kein Kino, ist Anstrengung, unbequemes Gestühl und meist Langeweile. Junge Menschen, die sich für Kunst interessieren, sind verzogene Gören, denn Jugend und Kunst gehören nicht zusammen. In der Jugend entdeckt man das Leben, und dessen Kürze ist einem noch nicht klar. Man ist am Suchen nach Realität. Und die hat mit Kunst nichts zu tun. Kunst ist die Suche nach dem gnadenvollen Augenblick, nach dem Vergessen der Sterblichkeit, ist Suche nach Trost und geriatrisch unkörperlichem Orgasmus.

Theater kann Kunst sein, ist es aber meistens nicht. Bilder, Bücher, Musikstücke sind nun einmal hergestellt, um ein Honorar zu verdienen, um sich in Eitelkeit zu gefallen, zu wirken. Kunst hat nicht unbedingt etwas mit einem tiefen Anspruch zu tun. Komödien können Kunst sein, Satire kann Kunst sein, wenn sie im aufrechten Bestreben, in der Suche nach einer höheren Wahrheit entstanden sind.

Das ist das Unangenehme am Theater. Man sieht das alles. Wortverliebte Sätze werden zu Schlafmitteln, eitle Schauspieler führen zum Koma. Man kann eventuell der Herstellung eines großen Augenblickes beiwohnen. Tut man meist aber nicht. Theater ist etwas Fragiles. Wie schwer, mehrere Menschen dazu zu bewegen, sich einem Ziel unterzuordnen. Die Schauspieler wollen meist lange Texte, gut aussehen, lange auf der Bühne stehen. Der Regisseur will irgendetwas Intellektuelles, etwas hinter den Worten, der Autor will seine Sätze schwingen hören. Theater heißt: Eitle Menschen müssen sich zurücknehmen – und sich finden. Das misslingt normalerweise. Weil fast alles misslingt auf der Welt, was von Menschen gemacht wird.

Das meiste, das wissen wir, die wir nicht mehr zwanzig sind, ist Enttäuschung. Was haben wir uns alle schon gequält, in öden Aufführungen, gelangweilt bis zum Tode, der leider nie eintrat. Und uns geschämt dabei, ein wenig, und gedacht, vermutlich verstehe ich zu wenig vom Ganzen, vermutlich bin ich dumm, hässlich sowieso, und dann sind wir trotzig geworden und haben an die teuren Karten gedacht und gemeint, man kann doch wenigstens erwarten …

Wohl dem, der nichts erwartet. Das allgemein glücklich machende Theater gibt es nicht. Zu persönlich ist, was einen zum Träumen bringt, atemlos macht. Bei zu einhelliger Freude muss man misstrauisch werden.

Zur Illusion des Theaters gehört auch der Generationskonflikt, den es alle dreißig Jahre gibt. Alt gegen Jung, die

Wachablösung. Die Revolutionäre kommen und machen alles anders. Alles neu. Was kann man neu machen, an Worten, an den immergleichen großen Themen Tod, Leben, Verrat, Liebe, Leiden, was kann man neu machen auf abgezirkeltem Fußboden, mit Schauspielern, die die immer gleichen Techniken lernen und praktizieren, seit hundert Jahren. Und doch müssen wir uns das einreden, das mit der Revolution, sonst wären wir ja schon tot. Der Pollesch, der ist ein Revolutionär, und der Schlingensief. Ich liebe beide, vermutlich so wie Schleef geliebt wurde, zu seiner Zeit, oder Zadek, oder Müller, oder Handke. Ganz neu gibt es nicht. Aber es gehört zum Spiel. Die Empörung der Älteren, das macht einen alten Sack wie mich sich jung fühlen. Wir können noch was erreichen, bewirken, die Welt ändern – aber nicht doch, da glaubt doch keiner mehr im Ernst daran.

Kunst ändert gar nichts. Sie gibt einer kleinen Elite, im besten Fall, ein paar schöne Gedanken. Das Größte, was Kunst kann, was Theater vermag, ist Menschen in Ekstase zu versetzen, sie also aus ihrem öden kleinen Körper fliehen zu lassen für Minuten, ehe das Zeug wieder an seinen Platz gelangt, alles in sich zusammenfällt und man sich überlegt, wo man noch was trinken geht. DANACH.

Danach, da geht man heim und regt sich über seine Kinder auf, dass die sich für nichts interessieren. Sie interessieren sich für sich, weil sie denken, sie sind die Welt – und wir, die wir wissen, dass alles egal ist, müssen ins Theater gehen oder in Konzerte, müssen lesen und denken, um uns noch ab und zu so schwerelos zu fühlen, so größenwahnsinnig und unvergänglich wie sie.

Sibylle Berg

HELGES LEBEN

Ein schönes Theaterstück
von Frau Berg

in Zusammenarbeit
mit Herrn Helbling

Personen & Tiere

HELGE

HELGES VATER

HELGES MUTTER

HELGES ANGST

TINA

TINAS ANGST

KRANKENSCHWESTER

FRAU GOTT

TOD

TAPIR

REH

SCHNAPPHAMSTER

Das Vorspiel

FRAU GOTT. Es werde Licht!

TOD. Geht das wieder los.

FRAU GOTT. Und ich erschaffe … hoho … einen Wurm.

TOD. Lieber Gott. Setzen Sie sich, trinken Sie einen Tee. Das wird schon alles wieder.

FRAU GOTT. Jetzt haben Sie meinen Wurm totgemacht. Alles machen Sie kaputt. Dass die Menschen ausgestorben sind, ist auch Ihre Schuld. Tod, Sie Schwein.

TOD. Sie machen sie, ich mach sie wieder weg. Das ist mein Beruf.

FRAU GOTT. Aber Sie haben alle weggemacht.

TOD. Die hatten drum gebeten. Und – jetzt hören Sie auf, sich zu bemitleiden. Okay, die Menschen sind nicht mehr, die Tiere regieren, es ist langweilig, und sicher waren wir mal wichtiger, aber verdammt, wir leben noch, wir haben einen Job und das Fernsehen und … Oh Mann, ich möchte mal wieder so richtig töten.

FRAU GOTT. Und ich möchte mal wieder eine Welt erschaffen und nicht so einen Mist.

TOD. Der Mist heißt Entertainment. Wer hat uns heute gebucht?

FRAU GOTT. Ein Tapir.

TOD. Na sehen Sie. Da können Sie Leben werden lassen und sich wichtig fühlen, und am Ende zeige ich Ihnen, wer die Welt wirklich regiert.

FRAU GOTT. Sicher nicht.

TOD. Wollen wir wetten?

Erster Teil. Geburt bis siebzehn

1. Szene

TAPIR. So, Frau … äh …

FRAU GOTT. Gott.

TAPIR. Ja, also, Frau, äh, dann lassen Sie mal hören, was Sie heute auf Lager haben.

FRAU GOTT. Eine Kriegsdarbietung. 5000 Mann, Flak, Torpedos, Bunsenbrenner, Genitalschutz.

TAPIR. Tss, ungepflegte Kleidung, zu viel Testosteron.

FRAU GOTT. Der Tod des Tut-ench-Amun, Sarkophag, Ameisenfraß, Wurmbefall in der Milzgegend.

TAPIR. Bildungsbürgerzeug. Ich glaube, mir wäre heute nach etwas Einfachem.

FRAU GOTT. Initialisierungsriten der Nuba …

TAPIR. Zu intim. Nein, ich hätte heute Lust auf ein ganz normales kleines Menschenleben.

FRAU GOTT. Haben wir. Machen wir. Gute Wahl. Für wie viele Zuschauer, wenn ich fragen darf?

TAPIR. Ich und meine Gattin, vielleicht bekommen wir später noch Besuch, aber was geht Sie das an? Ändert das was am Preis?

FRAU GOTT. Selbstredend nicht. Ich frage wegen der Besetzung. Also, ich wiederhole, ein einfaches kleines Menschenleben. Vier Akte, möchten Sie in den Pausen wieder Karaoke spielen oder Werbung?

TAPIR. Werbung und Kunststücke. Und nicht wieder so viel Sex wie letztens.

FRAU GOTT. Sie wollten ein belgisches Stück …

TAPIR. Genug geschwatzt. Ich zahle Ihnen 3000 Liter Ambrosia inklusive Mehrwertsteuer. Sie können direkt beginnen.

FRAU GOTT. Großes Gerne.

TAPIR. Schatzi, es geht los.

REH. Ist auch kein Sex dabei?

TAPIR. Sicher nicht, meine Zarte. Komm und bring die Möhren mit.

FRAU GOTT. Meine lieben Zuschauer, ich schaffe Ihnen heute »Helges Leben«. Alle Darsteller für ein normales Menschenleben auf die Hauptbühne.

(Alle treten auf und singen zusammen »Ponte Cenere«. Helga und Helmut treten vor.)

FRAU GOTT. Das sind Helga und Helmut, die gleich ein Kind der Liebe herstellen werden. Von den ersten Worten an wusste Helga, dass Helmut der Mann ihres Lebens ist. Dürfen wir kurz noch mal die ersten Worte haben?

HELMUT. Ey du, ich, äh, also, ich meine …

FRAU GOTT. Keiner glaubte, dass die Beziehung zwischen der intellektuellen Frauenzeitschriftredakteurin und dem Speditionsangestellten von langer Dauer sein könnte. Doch sie ließ sich ganz gut an.

TOD *(singt)*.

Die Liebe, die Liebe, die Liebe.
Die Liebe, die Liebe, die Liebe.
Was ist mein Leben fad und leer,
wenn da nicht die Liebe wär.
Die Liebe, die Liebe, die Liebe.
Die Liebe, die Liebe, die Liebe.

FRAU GOTT. Danke, Frau Tod, für den kleinen Beitrag.

TOD. Dafür nicht.

HELMUT. Du bist so jung und schön. Und hattest noch nie einen anderen. Ich glaube, ich muss dich beschützen. Ich mag das gerne, wenn ich eine Frau beschützen kann.

HELGA. Manchmal, wenn ich dich nachts ansehe, muss ich weinen. Es weint aus mir, bilden sich kleine Türme auf dir, aus Schießscharten Lanzen in deine Haut, verbunden mit dem Bett, kannst du dich nicht mehr bewegen, ach dass du doch immer so liegen würdest für mich. Ich habe noch nie so empfunden. Nicht für meine Eltern. Nicht für meinen Hund.

HELMUT. Ich auch.

HELGA. Ich kann mir vorstellen, wie wir alt miteinander werden. Wollen wir zusammenziehen?

HELMUT. Meine Liebe hält für ewig. Und wenn wir zusammen wohnen, kann ich dich noch öfter ficken. Ich wäre dann auch schon wieder so weit …

REH. Du hast versprochen, dass es ohne Sex ist.

TAPIR. Schau, Hasi …

REH. Hör sofort auf, mich mit dem Namen deiner Exfrau anzureden.

TAPIR. Hör zu, Schneckchen, das ist ein Menschenleben, und Menschen haben Sex. Wir wollen doch etwas über unsere Vorfahren lernen. Auch wenn es nicht immer appetitlich ist. Und vergiss nicht, so albern sie uns auch erscheinen mögen, am Ende ihrer Hochkultur haben sie sich ähnlich vermehrt wie wir.

REH. Klinisch?

TAPIR. Klinisch, mein kleiner Molch. Jetzt schauen wir weiter.

HELGA UND HELMUT *(abwechselnd)*. Oh, Helga, oh Helmut, oh Helga, oh Helmut, oh Helga, oh Helmut, oh Helga, oh Helmut.

(Das Paar kopuliert.)

HELMUT. Danke.

HELGA. Ich habe empfangen.

2. Szene

TOD *(singt)*.

Ein Kind im Uterusse schwimmt,
es ist zu nix speziell bestimmt.

Die Frau wirds auf die Erde drücken,
zu ihrem eigenen Entzücken.
Was es dann mit dem Leben macht,
darüber wird nicht nachgedacht.
Du kleines Kind, ich sage dir,
bleib besser ganz weit fort von hier.

HELGA. Ich bin jetzt genug schwanger.

(Helga kommt nieder, Tod hilft beim Gebären.)

TOD. Wie schön, es ist eine Nachgeburt geworden. Dann werd ich das mal einpacken.

FRAU GOTT. Würden Sie es bitte wieder hinlegen.

TOD. Das ist doch nix.

FRAU GOTT. Das ist Helge, und in den ersten drei Jahren seines Lebens entdeckt er die Welt. Die besteht aus Helga und Helmut, aus Sonnenflecken an seiner Zimmerdecke, den Autolichtern nachts an der Wand, aus feinen Gerüchen und aufnahmestarken Windeln …

FRAU GOTT. Dann fing der Ärger an. Geräusche und unangenehme Gefühle. Schweigen, Schreien, Geschirr, das zerbricht wie die Liebe von Helga und Helmut. Doch da ist Helge.

HELGE. Ja, da bin ich.

FRAU GOTT. Und Helge bekam Angst.

(Helges Angst tritt auf.)

HELGES ANGST. Guten Tag. Darf ich mich vorstellen. Frederic Angst. Für den neuen Kunden hätte ich ein paar sehr schöne neue Ängste im Angebot. Vielleicht darf ich Ihnen das mal zeigen. *(Er öffnet sein Köfferchen.)* Das ist das Standardangebot. Angst vor dem Leben, vor dem Versagen, vor dem Tod. Kennen wir, immer gut, aber sehen Sie hier: Angst vor Bordsteinen, die hochklappen und den Menschen stürzen lassen. Angst vor nässenden Hangars, die sich zusammenrotten in der Nacht, vor dem Verlust von Körperteilen im Schlaf, vor neurotischen Insekten …

FRAU GOTT. Sehr schön. Ich nehme einmal die Lebensangst und, lassen Sie mal schauen, vielleicht noch eine Naturkatastrophenangst. Das war's.

HELGES ANGST. Das war's?

FRAU GOTT. Ja. Das war's.

HELGES ANGST. Wo ist der Kunde?

FRAU GOTT. Das ist Helge.

HELGES ANGST. Guten Tag, Helge. Ich bin deine Angst. Von nun an bist du nie mehr alleine. Ist das nicht schön? Wir werden uns prima verstehen. Ich hab da ein gutes Gefühl. Hm, du kannst noch nicht reden, was? Na, wird schon. Ich richte mich jetzt mal nett bei dir ein, und dann fangen wir an zu arbeiten.

REH. Schatz, wollen wir nicht ein bisschen cruisen? Es kommt ja sowieso, was immer kommt.

TAPIR. Ich finde es spannend.

(Das Telefon klingelt. Der Tapir geht ran.)

TAPIR. Karl Tapir. Futterhandel Im- & Export. Ach, Rudi, du bist es. Kommst du noch vorbei? Och, nichts Besonderes. Wir schauen Menschenleben im Partykeller. Gerne. Ich freu mich.

REH. Nicht schon wieder Rudi.

TAPIR. Er ist unser Freund.

REH. Ich mag Schnapphamster nicht.

(Wirft sauer einen Stoffschnapphamster auf die Bühne.)

TAPIR. Ich will jetzt nicht diskutieren. Schau mal, so ein schönes Menschenleben.

HELGA. Ein Hund, wie süß. Ich liebe Tiere. Sie sind irgendwie so ehrlich.

REH. Blöd wie Mensch.

HELGA. Ich wache auf und weiß schon, dass der Tag nicht langen wird. Die Stunden gefüllt mit wichtigen Dingen. Erst die Lymphdrainage, Himmel, bin ich dick geworden, ich muss jetzt mal absaugen lassen. Das kann man mitnehmen, in Flaschen, und mit denen noch was unternehmen. Ist ja ein Teil von mir. Man muss sich akzeptieren. Das Poweryoga ist ausgefallen, im Büro habe ich den ganzen Tag telefoniert. Der große Blandini macht die Bilder von Cher. Meine Güte, die sieht aus wie eine Mumie. Bei Prada ist Ausverkauf. Prada macht alt. Himmel, ich habe zugenommen. Ich muss zur Lymphdrainage. 150 Schnapphamster mussten wir besorgen für das Shooting mit Madonna. Die ist alt. Fotografen sind das Letzte. Ich finde wichtig, dass man was Wichtiges macht in seinem Leben.

HELMUT. Ich steh um sechs auf. Ich fahr mit der U-Bahn. Ich bin müde. Ich geh in die Spedition. Ich arbeite, bis es dunkel wird. Dann gehe ich noch einen trinken. Mit den Schnapphamstern. Mehr liegt nicht drin.

DIE SCHNAPPHAMSTER. Das stimmt. Er trinkt mit uns. Mehr liegt nicht drin.

HELGA *(krault den Schnapphamster).* So ein Hund braucht ja den Menschen, sonst ist er verloren. Was ich bei Tieren mag, ist, dass sie einen so bedingungslos lieben.

TAPIR. Alberne Person.

HELMUT. Ich gehe nicht gerne nach Hause. Die Frau schaut mich an, dass mir ungemütlich wird. Mit dem Jungen kann ich nichts anfangen. Vielleicht später. Ich komme also nach Hause, sehe fern und hoffe, dass sie nicht wieder anfängt, mit mir zu streiten. Um den Jungen kümmert sie sich nicht sehr. Keine Ahnung, ob sie ihn heute aus der Krippe geholt hat. Der tut mir leid. Aber ich weiß nicht, was ich mit ihm machen soll. Mir wird so ungemütlich, wenn der Junge mich ansieht und ich nicht weiß, was tun.

(Helge ist noch in der Kinderkrippe und wird nicht abgeholt.)

HELGES ANGST. Sie haben dich vergessen. Schwamm drüber. Dann sind wir unter uns. Schau mal, wie dunkel es ist. Stell dir vor, es würde immer so bleiben. Du alleine in einem Gitterbett, und die Welt vergisst dich einfach, die Geräusche in der Nacht, die sind doch wirklich gruslig. Aber was solls. Zu Hause ist es doch auch nicht besser. Berühren tut dich keiner. Schade eigentlich.

REH. Das arme Junge. Sie mögen es nicht.

TAPIR. Hast du gehört. Sie mögen dich nicht.

REH. Sei doch nicht so herzlos.

TAPIR. Es ist doch nur ein Mensch.

REH. Aber sie haben Gefühle. Sie denken.

TAPIR. Sie haben Instinkte, das ist ein Unterschied. *(zu Helge)* Weißt du, was mit Kindern geschieht, die keiner mag? Sie werden in eine Grube am Stadtrand geschmissen, da hat es Käfer, die unter die Haut von den Kindern kriechen, um die Kinder auszuhöhlen. Aber es gibt da etwas, das du tun könntest. Du könntest ein wenig mutig sein. Nur wer mutig ist, wird geliebt. Denk mal drüber nach.

HELGA. Ich glaub ja nicht an Astrologie, aber irgendwas ist da schon dran. Männer sind das schwache Geschlecht. Lifestyle ist mir nicht wichtig. Aber ästhetisch soll es schon sein. Ich achte sehr auf gesunde Ernährung. Mein Körper ist mir wichtig. Aber es kommt auch auf innere Werte an. Ich lerne gerne interessante Menschen kennen. Mit interessanten Hobbys.

HELMUT. Ich möchte mal wieder alleine Motorrad fahren. Wochenlang durch die Rockys.

HELGA. Die Geburt eines Kindes ist eine unglaublich wichtige Erfahrung. Als es in meinem Arm lag, habe ich geweint. Keine Ahnung, warum, aber ich konnte nicht damit aufhören. Ich habe in kein Kostüm mehr gepasst. Im Fernsehen sind die Babys so süß, aber ich passe in kein

Kostüm mehr. Ich habe nicht geahnt, dass ein Kind so etwas Unästhetisches ist.

HELMUT. Ich will meine Ruhe. Ich glaub, das ist mir das Wichtigste.

TAPIR. Sollen wir ein bisschen vorspulen?

REH. Von mir aus.

3. Szene

FRAU GOTT. 8 Jahre später hat Helga ihren Job bei der Frauenzeitung verloren. Vielleicht, weil sie in keine Kostüme mehr passt, wer kann das wissen. Helge nässt ins Bett. Das Verhältnis zu seinem Vater ist relativ entspannt.

(Vater steht vor Helge.)

HELMUT. Möchtest du mit mir zum Fußball gehen? Oder zum Boxen?

(Helge schweigt.)

HELMUT. Wollen wir Karten spielen? Über Sexualität reden? Motorrad fahren? Die Hells Angels besuchen? Schwule klatschen? Frisösen ein Bein stellen? Skat spielen …

(Helge hält den Kopf gesenkt.)

HELMUT. Ja, dann … sag doch was.

HELGES ANGST. Sag bloß nichts. Er ist böse. Will dich zum Fußball schleppen, wo er doch weiß, wie du dich fürchtest vor den schreienden Männern. Geh einfach ganz schnell weg.

(Helge geht schnell weg.)

HELMUT. Der Junge …

HELGES ANGST. Dein Leben ist nicht unbedingt besser geworden. Du magst den Tag nicht. Auf dem Weg zur Schule lauern Gefahren: Kinder, die dich auslachen könnten. In der Schule lauern Gefahren: Lehrer, die dich etwas fragen könnten, und dann musst du aufstehen, und alle lachen dich aus. In den Pausen hast du solche Furcht, auf den Schulhof zu gehen, weil dann alle sehen, wie du alleine auf dem Hof stehst, und dann lachen sie dich aus. *(Helge kauert in einer Ecke.)*

HELGES ANGST. Helge, was hockst du hier so rum, in der Hofpause?

HELGE. Ich will nicht, dass sie mich wieder am Fahnenmast aufhängen oder mir Scheiße ins Gesicht schmieren.

HELGES ANGST. Das verstehe ich. Dann bleib mal besser hier.

REH. Jetzt wird er langsam autistisch. Soll er doch einfach zu den anderen gehen.

TAPIR. Liebste, Angst ist eine ernsthafte Einschränkung bei Menschen. Eine Neurotransmitterblockierung. Stresshormone werden ausgeschüttet, die Pulsfrequenz steigt, die Menschen flüchten oder sind paralysiert.

REH. Schön hast du das gesagt. Komm, Junge, geh jetzt zu den anderen. Du musst wirklich mutiger werden.

HELGE. Echt?

(Helga und Helmut sitzen auf dem Sofa.)

HELGA. Ich warte, dass einer an der Tür klingelt und sagt: Entschuldigung, wir haben Ihr Leben vertauscht, hier wäre das richtige. Und ich würde es auspacken und essen. Die Dinge haben sich wirklich falsch entwickelt.

HELMUT. Irgendwann fing sie an zu nörgeln. Wie ich aussah, war nicht recht, und was ich sagte, wie ich gegessen habe, alles verkehrt. Ich hab dann alles extra falsch gemacht. Wenn ich trinke, geht es.

HELGA. Ich habe ein anderes Dasein verdient. Ich lebe noch. Ich lebe, lebe, lebe, lebe, lebe.

HELMUT. Warum?

(Helga packt ein Köfferchen, geht. Im Hintergrund wird Helge von der als Schüler verkleideten Angst an der Fahnenstange hochgezogen.)

HELGA. Ich gehe.

HELMUT. Jetzt geht sie.

REH. Ich glaube, er hat was falsch gemacht.

TAPIR. Er hats vergeigt.

REH. Ich hab ihr dazu geraten.

TAPIR. Jetzt mach dir keine Vorwürfe. Nimm noch einen Froschlaichcracker.

REH. Ich kann mir nie vorstellen, dass sie mal die Welt beherrscht haben sollen.

TAPIR. Ja, es scheint absurd. Aber noch mein Großvater hat es miterlebt.

REH. Revolution?

TAPIR. Dummerchen. Es gab keine Revolution. Sie haben einfach aufgegeben. Und jetzt lass uns weiterschauen.

HELGES ANGST. *(als Lehrer verkleidet).* Helge, komm mal runter.

HELGE. Ich kann nicht.

HELGES ANGST. Du wirst wohl immer dort oben bleiben müssen. Und alle sehen dich und lachen dich aus. Das ist sehr peinlich. Na ja, ich muss dann mal wieder.

HELGE. Hey, bleib da!

TOD. Ich lass ihn mal runter. Helge sollte jetzt nach Hause gehen und sich vielleicht aus dem Fenster stürzen. Oder mit seinem Vater reden. Lustige Idee.

TAPIR. Da bietet sich eine kleine Werbepause an.

REH. Werbung!

(Die Tiere springen auf die Bühne. Jingle.)

REH. Boah, ist mir langweilig.

TAPIR. Wollen wir auf eine Farm?

REH. Gähn.

TAPIR. Oder fremde Völker besuchen?

REH. Och nö.

TAPIR. Dann lies doch was.

REH. Witzig.

TAPIR. Endlich problemlos lesen mit dem Super-Buch-Tatzenhalter.

4. Szene

HELMUT. Sonntag, und ich bin in meinem Garten. Auf der Schaukel, mit dem weiß-roten Polster. Es liegt kein Blatt da, die Beete sind gepflegt, und die Pflanzen stehen in Reihe. Zu sehen, wie Sachen wachsen, die ich in die Erde gebracht habe, ist ein Gefühl, von dem ich gar nichts sagen kann. Es ist meins.

Wenn das Wetter danach ist, mache ich vor dem Abendbrot immer den Garten. Ich reiße Unkraut heraus, setze Blumen und schneide die kleinen Büsche. Das war mir lange verleidet. Dazu muss man wissen, dass der Nachbar eine Hecke hatte, die immer ihre Nadeln in meinen Garten abwarf. Es ging über zwei Jahre, dass ich die Nadeln sah auf dem Beet, und ich hatte so eine Wut. Ich meine, der Garten ist mir wie ich, da will ich ja auch nicht, dass da jemand seinen Dreck draufschüttet.

HELGES ANGST. Wie das wehtut, wenn das Fleisch geöffnet, und wie schockierend das Blut zu sehen, das deinen Leib verlässt.

HELMUT. Ich habe den Nachbarn beobachtet, wie er das Haus verlässt, in sein großes Auto steigt und laut lacht, wegen der Nadeln, die nicht in seinen Garten fielen. Geredet habe ich mit dem nie. Er war nicht von hier, wahrscheinlich aus Afrika oder Asien. Ich kenne mich da nicht so aus. Der hätte mich gar nicht verstanden. Ich habe die Nadeln weggemacht, und immer wieder lagen neue da, ich konnte irgendwann kaum noch schlafen, wegen der Nadeln. Musste aufstehen in der Nacht, um zu schauen, ob schon wieder welche daliegen.

HELGES ANGST. Du wirst zurückwollen. Aber es gibt kein Zurück mehr. Eine Ewigkeit wirst du dich beim Sterben beobachten, und zurück geht dann nicht mehr.

HELMUT. Immer wenn ich jetzt das Beet neben dem Zaun von Unkraut befreie, genieße ich es, dass die Nadeln dort nicht mehr liegen. Die Hecke ist da nicht mehr. Das Gefühl nach der Gartenarbeit ist kaum zu beschreiben, wie gerade der Rasen ist, wie gepflegt die Beete, und das macht mich ruhig, ich kann dann gut essen. Ich bin nicht für das Gegrüble. Die meisten Menschen denken und denken, doch ich meine, es ändert doch nichts, über etwas zu denken. Das ist doch nur innerhalb des Kopfes und kommt nicht zum Vorschein.

(Helge versucht in seinem Zimmer sich die Pulsadern zu öffnen.)

HELMUT. Ein Mensch ohne Arbeit ist wie ein Tier ohne Auslauf.

REH. Hast du gehört? Sie machen Tiervergleiche.

TAPIR. Ruhe. Ich will das weiter sehen. War teuer genug.

HELMUT. Ich bin ein guter Futterverwerter. Ich habe auch sehr gutes Heilfleisch. Manchmal, im Bett, nachts, kann ich nicht schlafen. Ich merke meinen Rücken und das Alter, und ich weiß auch nicht, ich habe oft einen Druck in der Brust, nachts wenn ich über die Zukunft nachdenke, aber warum, weiß ich eigentlich nicht. Mein Vater hat mir beigebracht, wie man mit Angst umgeht.

HELGES ANGST. Von mir aus kannst du gehen. Ich bin sowieso überbeschäftigt. Geh nur, ich bin auch wer. Habe auch Gefühle.

HELMUT. Er hatte ein Schrotgewehr, und ich weiß noch, dass ich Angst hatte, vor einem Teich in unserer Nähe, wegen der Blutegel. Ich musste mich in den Teich stellen, mein Vater schoss mit dem Gewehr ins Wasser, wenn ich mich bewegt habe. Nach einer Stunde ging er ins Haus. Ich war voller Blutegel. Wenigstens fallen keine Nadeln mehr in meinen Garten. Das Haus ist ja abgebrannt.

TAPIR. Geh zu deinem Vater und rede mit ihm.

HELGE. Und wenn er nicht will?

TAPIR. Dann kannst du dich ja weiter umbringen. Muss man euch denn alles sagen.

HELGE. Aber ich hab Angst.

HELGES ANGST. Mit wem redest du?

HELGE. Ich frag mich nur, ob ich mit Vater reden soll.

HELGES ANGST. Wozu denn?

(Helge geht zu seinem Vater.)

HELGE. Rede mit mir.

(Vater schweigt.)

TOD *(singt)*.

Sag, Vati, warum kann ich denn
nicht öfter bei dir sein?
Warum geht das nur zweimal im Monat?
Sind wir zusammen, bringt mir das
doch sehr viel Freude ein,
wie das Leben ist, wenn man sich lieb hat.
Aber die Mutti sieht das nicht ein.
Warum hält sie mich stets von dir fern?
Denn schließlich liebe ich euch beide,
ich bin doch euer beider Kind.
Warum kann ich nicht entscheiden,
bei wem ich gerne bin?

(Helge erschlägt Helmut.)

HELGE. Ab heute werde ich mich mit Caroline Reiber aktiv für die Schließung der Folsäurelücken einsetzen.

REH. Ich glaub, ich würd mit dem auch nicht reden.

FRAU GOTT. Frau Tod, räumen Sie hier bitte ab.

TOD. Soll ich den Jungen grad mit eintüten?

FRAU GOTT. Halten Sie sich an die Anweisungen.

TAPIR. Spulen wir vor?

FRAU GOTT. Nach dem Ende seiner Schulzeit, die recht speziell war, überlegt sich Helge, wie es weitergehen soll. Helges Vater ist unter ungeklärten Umständen verstorben. Die Mutter nicht zurückgekommen. Sie hat anderswo ein neues Leben begonnen. *(Singt »When Doves Cry«.)*

HELGA *(auf einer Couch)*. Die Stunden gefüllt mit wichtigen Dingen. Erst die Lymphdrainage, mein Frau Gott, bin ich dick geworden, ich muss das mal absaugen lassen, das kann man dann mitnehmen, in Flaschen, und mit denen noch was unternehmen. Ist ja ein Teil von mir. Man muss sich akzeptieren. Das Poweryoga ist ausgefallen, im Büro habe ich den ganzen Tag telefoniert.

FRAU GOTT. Und so weiter … Wegen einiger kleiner Marotten wie dem zwanghaften Onanieren, den Kopf gegen Telefonmasten schlagen und Vögel lebendig aufessen *(Tiere buhen)* befindet sich Helge in therapeutischer Behandlung.

HELGES ANGST *(als Psychiater verkleidet)*. Soso, du hast also Phantasien. Was für Phantasien sind das denn?

HELGE. Ich habe Maschinen gebaut. Ich habe alles geleckt in der Wohnung. Geleckt und Maschinen gebaut und gewichst und dann Katzen gehabt. Die hab ich gefickt, 30 Katzen in der Wohnung, die mir beim Wichsen zugesehen haben. Und überall hingeschissen. Aber das ist natürlich. Ich lag dadrin und hab gewichst. Ich bin gar nicht mehr raus. Wenn ich Hunger hatte, hab ich von den Katzen gegessen. Und dann habe ich angefangen, Wut zu bekommen.

HELGES ANGST. Danke, das reicht … Ich glaube, wir haben einen kleinen Eindruck bekommen. Du bist also jetzt ein junger sexueller Mensch. Das erste Viertel deines Lebens ist vorbei. Ich geh mich jetzt mal frisch machen und dann sehen wir weiter. Okay?

HELGE. Okay.

(Alle singen »When Doves Cry«.)

Zweiter Teil. Erwachsen werden

5. Szene

FRAU GOTT. Schönes Lied.

SCHNAPPHAMSTER. Hallo. Tag, Karl. Tag, Rehlein. Na, wieder beim Trimmer gewesen? Komm ich zu spät?

TAPIR. Der erste Teil ist schon gelaufen. Ein relativ erbärmliches Leben. Was war denn?

SCHNAPPHAMSTER. Ein Shooting mit Madonna.

TAPIR. Wie viel hast du gemacht?

SCHNAPPHAMSTER. Achtzigtausend. In Körnern.

TAPIR. Satt.

SCHNAPPHAMSTER. Wie läuft der Futterhandel?

REH. Könnt ihr vielleicht über Geschäfte reden, wenn ich zu Bett bin?

TAPIR. Entschuldige, Rehlein.

FRAU GOTT. Schön. Zurück zu Helge, der inzwischen achtzehn ist. Seit sein Vater gestorben ist, geht es Helge besser. Er nässt nicht mehr ein, nachts. Er onaniert kaum noch zwanghaft, nach dem Unfall. Helge geht jeden Morgen in seine Firma. Ich glaube, es ist etwas aus ihm geworden.

TOD *(singt).*

Du stehst auf, am Morgen – oder etwas, dass tut wie du.
Du ziehst es an und gibst es auf die Straße.
Es ist kalt.
Es will ins Bett.
Es will nicht laufen zwischen Fremden, so früh am
 Morgen.
Ein bisschen Himmel im Hof,
das wär jetzt schön – so schön.
Ein bisschen Fliegen im Hof,
das wär jetzt schön – so schön.

TOD. Das war gut.

FRAU GOTT. Helge zieht etwas Modernes an, benutzt ein modernes Wasser, um nicht nach Mensch zu riechen …

REH. Habt ihr die schon mal gerochen, wenn sie nass werden?

TAPIR. Das Letzte!

SCHNAPPHAMSTER. Nassen Bauch – fick ich auch.

FRAU GOTT. … und geht mit anderen modernen Menschen in ein modernes Gebäude.

HELGES ANGST *(als Plattenboss verkleidet)*. Helge.

HELGE. Ja bitte.

HELGES ANGST. Könnten Sie mir mal kurz ein Anforderungsprofil Ihrer Tätigkeit geben?

HELGE. Es ist wichtig, dass ich mit dem Mountainbike in die Firma fahre. Das Bike muss ein Stevens sein, die Entfernung beträgt 28 Kreuzungen. Mein Arbeitstag beginnt mit einem Motivationsmeeting. Ich lege meine Erfolgsliste für den Tag dar, meist an die 32 Erfolgspunkte. In meinem Büro werde ich die motivationale Schubkraft am Point of Sale erhöhen. Ich werde die Markenkorridore suchen, finden, entlangbrettern und neue Income-Türen öffnen. Alles Strategie. Alles Planning. Am Telefon motiviere ich die Medienpartner, gebe Input für gesunde Outlets.

HELGES ANGST. Zusammengefasst. Was genau ist Ihre Aufgabe?

HELGE. Ich, ich muss Musik verkaufen, die schlecht ist. Ich muss gut drauf sein, die richtigen Worte kennen und die richtigen Sachen tragen.

HELGES ANGST. Und ist es nicht vielleicht so, dass du beschissene Angst hast? Weil du gar nicht verstehen kannst, wie du alter Autist an diesen Job gekommen bist, weil du weißt, dass du nichts kannst. Dir der Angstschweiß nur so läuft, weil sie dir jeden Moment draufkommen können?

HELGE. Yes, Sir.

HELGES ANGST. Na sehen Sie, es geht doch. Jetzt ab an die Arbeit. Reißen Sie sich zusammen, Mann, bald ist ja Frau Gottlob Wochenende. Das ist dann prima.

TOD *(singt)*.

Wie ist es tot,
wie ist es leer,
wenn nur der Sonntag niemals wär.
Alle Tage sind so schön.
Da kann der Mensch zur Arbeit gehn.
Der Sonntag ist dann öd und leer,
ach wenn der Sonntag nur nicht wär.

HELGES ANGST. Soso, du möchtest gerne schlafen, das Gehirn in eine warme Lake legen, den Körper dazu, dass sie sich nicht mehr bewegen mögen. Dass du fortflössest von dir in den Himmel, dich aufzulösen, zu regnen, ihnen ins Gesicht, die dich so quälen mit Desinteresse. Aber du hast nicht die Berechtigung für eine Müdigkeit erworben, noch nicht einmal gut für einen ordentlichen Traum, Straßen liegen gequält von zu viel Langweile. Den Menschen laufend auf Asphalt und nichts Anderes zum Schauen als andere Menschen. Ihm zu nehmen, was ihn erhält – das Kaufen von Dingen – ein sadistisches Vergnügen. Viele bringen sich um am Wochenende, in dieser Luft, aus dummen Ideen gewoben. Komm, lass uns in den Zoo gehen, spazieren gehen, in Paaren oder einzeln. Sie verstehen nicht, dass die Bewegung der Beine kein Tempo ins Leben bringt, etwas Besichtigen nichts weiter bringt, als etwas besichtigt zu haben, ein neues Bild auf den unsinnigen Bilderhaufen im Gehirn gelegt. *(Tätschelt Helge.)*

6. Szene

(In einer Ecke sitzt ein Mädchen an einem Cafétisch und monologisiert leise.)

TINA. Jeder Tag ist wie jeder Tag, voll Finsternis und ich. Warte. Dass etwas passiert, größer, als ich es mir vorstellen kann, das alles ändert, dass es nur so knallt. Warte auf eine Überraschung. Auf ein Erdbeben, die Verleihung des Nobelpreises, meine Güte, auf irgendwas. Warte ich, immer so ein Wartegefühl im Bauch, und nichts passiert. Und jeder Tag beginnt doch damit, dass der Briefträger sagt: »Ist nix für Sie bei.«
Vor einigen Wochen kam die Liebe, an einem Abend kam sie, als ich nichts wollte, außer in einem Café sitzen und ein Tonic zu trinken. Eine Blaskapelle spielte leise Lieder, und ich guckte rum, in die Bäume, die ihre Zweige nach mir zu recken schienen, und unter denen sah ich den Jungen. Mit einer Haut, aus fremdartigen, bräunlichen Stoffen gemacht, mit weichem Haar und Augen auch. Und mein Herz wehtat, weil er doch so schön aussah. Wir redeten aneinander in Englisch vorbei. Vorher galt nicht mehr, nur noch der Junge und ich. Gingen nach Hause. In meinem Arm ein warmer Mensch, wie ein Welpe zum Berühren, ihm die Haut runteressen, weil reden nicht nötig war. Nie nötig ist. Muss ja auch nichts wissen von ihm, denn Missverständnisse gibt es nur durch Worte, dachte ich am Tag nach der Nacht und dachte an ihn jede Minute. Träumte – von einem Leben, schweigend, in einem fremden Land, mit ihm. Alles war nicht mehr wichtig.

SCHNAPPHAMSTER. Verdammt. Ich hab diese Mieze vergessen. Ich muss noch mal los.

REH. Grade, wo es romantisch wird.

SCHNAPPHAMSTER. Drum komm ich drauf. Ich muss an meine Libido denken. Bin gleich wieder da.

TAPIR. Bring neue Möhren mit.

HELGE *(liegt auf dem Bett, spielt mit der Angst ein Brettspiel).* Die Woche mag ich nicht. Am Wochenende mag ich mich nicht. Ich hätte gerne mal ein angenehmes Gefühl.

HELGES ANGST *(gähnt).* Vergiss es.

TINA. Und er stand in meiner Wohnung. Und sah mich an. Sah schön aus. Und? Fasste mich an, immer wieder. Anfassen und anfassen. Die Haut blieb kalt, und die Gedanken waren in etwas Leerem. Ich versuchte zu reden, doch reden ging nicht, wegen der Sprache oder weil es nichts zu sagen gab, dann stand er auf und ging.

HELGES ANGST. Helge, nun zieh nicht so ein Gesicht. Wer hat gesagt, dass jung sein schön ist. So satt, und zum Kotzen reicht es nicht.

HELGE. Ich möchte gern ein Mädchen.

FRAU GOTT. Das Wochenende vorbei, verschliert, versoffen, verpennt, dann endlich – da ist er – der kleine Montag. *(Ein kleiner Montag kommt.)*

HELGE. Ein kleiner Montag, wie schön.

HELGES ANGST. Bald kommt wieder ein Wochenende und noch eines und so weiter, und dann bist du tot, und nichts ist passiert.

HELGE. Bleibt es immer so wie jetzt?

HELGES ANGST. Nein. Es wird schlimmer.

HELGE. Aber ich möchte vorher so gerne ein Mädchen.

FRAU GOTT. Das dort?

TINA. Die Liebe machte die Tür zu. Die Bäume sind wieder da, und auch ein Briefträger kommt vorbei. Er flüstert. Für Sie ist in diesem Leben nix bei.

HELGE. Ohhhhh, ist die süß.

FRAU GOTT. Das ist Tina. Ein nettes junges Mädchen, genau richtig für Helge.

HELGES ANGST. Ich glaube leider, sie ist viel zu hübsch für dich.

HELGE. Aber sie ist sooooo schön.

FRAU GOTT. Komm, Helge, setz dich mal zu dem Mädchen.

(Helge läuft weg.)

HELGES ANGST. Na, Helge, kannst du nicht schlafen? Da ist die Erregung vor. Du weißt, dass nie eine dich lieben wird, und kannst nicht schlafen. Denkst nur an sie, den ganzen Tag, die ganze Nacht, und siehst sie, in einem goldenen Licht, umgeben von Wärme, und Brüste, zwischen denen du liegen möchtest, wie auf einem Rettungsboot, dass es dich tragen möchte, in ein Land nur für euch zwei. Aber, mein Freund, ich glaube, das geht daneben.

HELGE. Geh kacken.

HELGES ANGST. Mäßige dich, du wirst noch erkennen, dass ich der Einzige bin, der zu dir hält.

HELGE. Es wäre so schön, jemanden zu haben, der neben mir aufwacht.

HELGES ANGST. Ich wache neben dir auf.

HELGE. Das ist was Anderes.

TAPIR. Mir käme jetzt eine Produktinformation gelegen.

(Jingle.)

TAPIR. Was hätt ich jetzt Lust auf einen Igel.

REH. Na viel Spaß. Ich erinnere dich an den Versuch mit dem Kugelfisch.

TAPIR. Oder die Pleite mit der Nacktschnecke.

REH. Aber da gibt es jetzt Abhilfe.

TAPIR. Echt?

REH. Hier ist die neue Kleintierbegattungshilfe. Einfach das Tier einspannen und fertig ist ihre unvergessliche Liebesnacht.

TAPIR. Wow. Geil.

7. Szene

TOD *(singt).*

Was für eine Nacht. Gott, ist die gut.
So warm, und der Mond steht vor der Tür.
Macht silbernes Licht auf deinem Gesicht.
Das sehe ich an und denke, wie ich dich ansah, vor einem Jahr, oder einem Tag, die ganze Nacht, und geweint habe, vor zu viel Liebe, leise, damit du nicht erwachst.
Früher.
Nicht genug konnte ich sehen von dir. Und dachte, es sei für immer.
Nie mehr allein, dachte ich, als ich dich weckte, durch meine Tränen.
Du mit mir in die Nacht gelaufen bist, und wir uns hielten, unter dem Mond.
Früher.

FRAU GOTT. Ein fleischwarmer Abend, und Helge geht nicht direkt nach Hause. Aus Gründen. Zieht es ihn zum Bahnhof. Vielleicht will er die Züge anschauen. Vielleicht will er aber nur in eine Wichskabine. Irgendwas zieht Helge auf jeden Fall zum Bahnhof. Sehen wir doch mal nach.

TOD *(singt).*

Ich sehe, dass dein Mund offen steht. Dass du eine schiefe Nase hast.
Du wachst nicht auf, weil du doch schlafen willst.
Du müde bist von mir, wie ich von dir. Ich geh in die Nacht, die warm ist, wie ich, dort drinnen ist nur noch ein Mann, der schläft.
Heute Nacht.

HELGES ANGST. Helge, wo läufst du denn hin? Helge, du musst nach Hause, du weißt doch, dass du neue Wege nicht gut verträgst.

HELGE. Sei einfach still, du Mist.

TOD *(singt).*

Nicht genug konnte ich sehen von dir. Und dachte, es sei für immer.
Nie mehr allein, dachte ich, als ich dich weckte, durch meine Tränen.
Du mit mir in die Nacht gelaufen bist, und wir uns hielten, unter dem Mond.
Früher.

FRAU GOTT. Da ist Tina. Sie hat den Tag in einer Produktionsfirma gearbeitet. Und nun geht sie zum Bahnhof, der gar nicht auf ihrem Weg liegt. Aus Gründen. Neben Tina sehen Sie Tinas Angst.

TINAS ANGST. Ja, ich bin Tinas Angst. Tina war vor kurzem in Bali und fährt bald nach Griechenland. Sie hat Freunde und Geld, viele CDs, und dass die Love Parade langweilig geworden ist, ist ja wohl nicht ihre Schuld. Dass Pillen öd sind, nicht ihre Schuld, und ficken, so fad, so langsam, das Ficken, und dann reißen immer die Kondome, und man muss zum Test, und noch nicht einmal das macht noch eine Aufregung. Aufregend wäre höchstens noch berühmt sein, aber auch nicht wirklich, denn was können die schon, was Tina nicht kann, und alles macht doch keinen Sinn.

HELGE. Darf ich mich ein bisschen setzen?

TINA. Das wäre aber schön.

(Helges Angst und Tinas Angst setzen sich daneben. Beide machen sich miteinander bekannt.)

HELGES ANGST. Wie viele Zusammenbrüche machen Sie denn im Monat?

TINAS ANGST. Na, ohne zu untertreiben, drei bis vier sind es schon.

HELGES ANGST. Herzrhythmusstörungen?

TINAS ANGST. Weinkrämpfe.

HELGES ANGST. Wie lange bleiben Sie noch mit ihr?

TINAS ANGST. Hm, kein sehr stabiles Material. Schwer zu sagen. Oh, Obacht …

TINA. Hab ich dich schon mal gesehn?

HELGES ANGST. Red bloß nicht mit ihr. Geh jetzt weg.

HELGE. Ja. Ich habe dich schon mal gesehen. Du warst wunderschön.

TINAS ANGST. Er will nur mit dir ficken. Er will nur mit dir ficken.

REH. Sie wird dich nur lieben, wenn du etwas sagst. Wie wäre es mit einem kleinen Lied? Oder ein Gedicht über die Oktoberrevolution. Mädchen stehn dadrauf.

TAPIR.

Dem Morgenrot entgegen, ihr Kampfgenossen all.
Bald siegt ihr allerwegen, bald weicht der Feinde Wall.
Nun wird die Kraft von euch erkannt.
Die starke Waffe eurer Hand.

REH. Oh mein Bär.

TINA. Weißt du, was passiert, wenn ich nach Hause gehe? Nichts passiert. Ich laufe in der Wohnung herum, und es ist völlig egal, wie ich aussehe. Die schönen Möbel beachten mich gar nicht. Ich schaue zum Fenster raus. Ich creme mich ein, mache mir was zu essen, geh damit ins Bett, esse das auf und weiß, wie ich am Morgen aufstehe, im Bett frühstücke, und den Weg zur Arbeit, den weiß ich auch. Ich kenn das alles schon, jeden Schritt, jeden Satz, den ich am Tag sage.

TAPIR. Los, pack sie, nudel sie richtig durch, sie braucht das.

REH. Tu was!

(Helge beugt sich zu dem Mädchen und küsst es.)

TINA. Ich.

HELGE. Ich auch.

TINAS ANGST. Siehst du, knutschen will er. Und du machst mit. So was von billig. Geh schnell, ehe es zu spät ist und du dich lächerlich machst.

TINA. Ich muss dann.

HELGE. Ja, ich auch.

HELGES ANGST. Jetzt hast du es richtig versaut. Jetzt denkt sie, du willst nur kopulieren. Geh schnell heim.

(Die Ängste schütteln sich die Hand. Helge geht heim. Legt sich zu Bett.)

HELGES ANGST. Uff, da bist du ja gerade noch mit einem blauen Auge weggekommen. Das hätte peinlich werden können. Vergiss sie einfach. So toll war sie ja auch gar nicht.

HELGE. Aber es tut weh.

(Helge weint. Die Tiere werfen mit Grünzeug, buhen.)

TINAS ANGST. Er hat dich doch nur geküsst, weil ihm langweilig war, oder kalt, oder er mit dir schlafen wollte. Liebe gibt es nicht. Warum, ist doch egal. Bestimmt bist du zu dick. Oder zu hässlich. Oder zu langweilig. Du wirst nie einen finden. Weil es dir nicht zusteht.

TINA. Wenn er mich eh nicht liebt, habe ich ja nichts zu verlieren.

(Geht zu Helge.)

HELGES ANGST. Schmeiß sie raus, schmeiß sie raus. Sie hat bestimmt eine Krankheit.

HELGE. Leck mich am Arsch.

8. Szene

(Helge, Tina, zwei Ängste, im Bett.)

TINA. Vor ein paar Jahren war die Ostsee für mich das größte Meer der Welt, war eigentlich die Welt und damit alles, was ich nie haben würde. Eine Reise dorthin schien wie eine Fahrt nach Amerika, so weit, in ein gelobtes Land. Ich kam an zu der Stunde, da der Tag sich aufs Zubettgehen vorbereitet. Das Meer, im Hell ganz leicht mit Wellen, die klingen wie Sonnenöl, macht ärgerliche Laute. Es will schlafen, nicht angestarrt werden. Und immer sind da welche, die starren. Sitzen und starren, und keiner weiß warum, das Meer an, das gerne schlafen will. Das sieht schwarz aus, silbern, rot und vor allem so, als würde es nirgends aufhören, anfangen, wäre unendlich wie das Universum. Und vielleicht ahnen die Menschen irgendwas, das größer ist als sie und tröstend dadurch, wenn sie so schauen. Irgendwo dort, wo mein Auge zu versagen begann, fing die Freiheit an, die hieß Amsterdam und Zürich. An allen Stränden in der ganzen Welt sitzen Menschen und schauen das Meer an, wie Ameisen von oben, ein dunkler Saum im Hellen, bevor das Blau kommt. Sitzen Millionen und schauen das Meer an und denken an Unendlichkeit, an Liebesschmerz, denken an das Ende, denken an ferne Länder, denken, ich sollte am Meer leben, ich sollte auf Reisen gehen, ich sollte mein Leben ändern. Millionen Menschen werden verhext vom Meer. Erkennen kurz. Merken, wie egal es der Welt ist, ob sie ihr Leben vertun oder nicht. Das Meer, das noch da sein wird, später. Und bekommen für einen Moment eine Idee oder einen Trost oder denken sich, morgen, morgen werde ich alles ändern. So denken Menschen, wenn sie das Meer schauen, kurze, kleine Gedanken, von irgendetwas, das viel größer ist als sie, und die Gedanken werden Luft und Regen und fallen ins Meer, werden weggetragen, und die Menschen stehen auf, vergessen und haben nur noch so eine Sehnsucht, wenn sie wieder weg sind vom Meer. Aber wonach, das fällt ihnen nicht mehr ein.

HELGES ANGST. Um Himmels willen, wenn Mädchen einmal anfangen zu reden, hören sie überhaupt nicht mehr auf.

HELGE. Ich weiß, was du meinst.

TINAS ANGST. Lüge, Lüge, Lüge. Nichts weißt du. Jungens können nicht lieben. Sie wollen ficken, das ist alles.

TINA. Ich glaube, ich …
HELGE. Ich auch …
HELGE. Ich werde nie wieder Angst haben.
(Die Ängste gehen genervt in eine Ecke.)

Dritter Teil. Dreißig bis egal

9. Szene

(Helge liegt mit Tina im Bett.)

FRAU GOTT. Ein Jahr ist vergangen. Helge und Tina lieben sich sehr. Das Leben ist wie ein kleines Lied, und fast glaubt man, es würde immer so bleiben.
TINAS ANGST. Ist ja super.
HELGES ANGST. Der Moment, in dem man erwachsen wird, ist schlimmer. Auch anders, als man sich das vorgestellt hat. Hat man sich doch so etwas gedacht, etwas Lässiges, was über Nacht geschieht und nicht wehtut, das endlos weit entfernt, in einer anderen Welt stattfindet. Das ist falsch. Richtig ist, es gibt ein Leben vor dem Erwachsenwerden und eines danach, und beide sind demütigend.
HELGE. Wie er sich aufspielt.
TINA. Wen meinst du?
HELGE. Och nix.
(Tina schaut sich um und sieht ihre Angst. Die hockt neben Helges Angst.)
TINA. Ich bin so glücklich mit dir.
HELGE. Ja, aber, sollten wir nicht mal wieder was unternehmen?
TINA. Was denn?
HELGE. Ins Kino gehen oder verreisen.
TINA. Langweilst du dich mit mir?

HELGES ANGST. Die Zeiten, in denen ich Künstler war, scheinen endgültig vergangen. Mit welchen Persönlichkeiten konnte ich arbeiten: Little Jimmy Scott, Dinu Lipati, Hans Heinz Ewers, Aleister Crowley – Menschen, die mir Freunde waren. Deren Kreativität ich beflügelte. Von denen ich lernte. Zusammen ließen wir Geschichte werden. Ich habe meinen Beruf geliebt. Früher. Nur das Klavierspiel ist mir geblieben, wenn ich den Glauben an alles zu verlieren scheine. Vorbei, vorbei, vorbei die Tage, an denen ich mit einem Basho auf Wanderung war, einen Beethoven auf dem Weg in die Stille begleitete, einen van Gogh in die Selbstverstümmelung trieb. Vergessen, dass ich mir meine Klienten selber wählen konnte. Ablehnen einen Dalí, eine Madame Kempner, die hysterischen Brontë-Schwestern – zu einfach, keine Herausforderung. Keine Zeit, da ich mich meinem Klavierspiel widmen musste. So müde bin ich der Trivialität meiner jetzigen Existenz. So müde, und zum Gehen fehlt mir doch der Mut. Was mich heute überstehen lässt, ist die Lektüre vergangener Zeiten, die Musik und die Hoffnung, dass Adorno zurückkehren möge.

TINAS ANGST. Komm, trink noch einen. Du nimmst die Sache zu ernst. Dienst ist Dienst und Schnaps ist Schnaps. Prost.

TAPIR. Erstaunlich, dass es einmal wirklich bedeutende Menschen gegeben haben soll.

REH. Die Evolution, Schatz. Die Evolution. Sie läuft rückwärts, wie die Zeit.

TINA. Meinst du, wir sollten ein wenig Verkehr haben?

HELGE. Wir hatten doch erst vor einem Monat einen.

HELGES ANGST. Das Erwachsenwerden kommt nicht über Nacht. Mach dir keine Hoffnungen. Es kommt in kleinen Wellen. Die schwappen ab und zu in dein Leben, und jede kleine Welle bringt eine traurige Ahnung mit sich. Die macht dich begreifen, dass dein Leben zu Ende sein wird. Auf einmal fühlst du, wie schnell die Zeit vergeht. Du merkst, dass nichts sich ändert, auf einen Schlag. Du hast den Sinn der Veranstaltung immer noch nicht begriffen, das große Leben hat immer noch nicht begonnen, mit seinen dicken Gefühlen. Aber du hast den Tod erkannt. Und du begreifst, dass dir niemand etwas geben wird, niemand dein tolles Leben machen wird, dass Leben erbärmlich sind, mit deinem netten Beruf, deiner netten Wohnung, mit deinen freundlichen Freunden, die alle heiraten und Kinder kriegen und dann sterben. Du wirst nicht viele Leben ausprobieren können, sondern nur das eine, für das du dich noch nicht einmal richtig entschieden hast, es war halt gerade da.

TINAS ANGST. Und die kurzen Röcke kommen in den Müll. Nicht dass sie dir nicht mehr passen, aber irgendetwas stimmt nicht, und du könntest gar nicht sagen, was es ist. Vielleicht etwas um die Augen, das macht, dass es nicht mehr der Blick eines Mädchens ist. Und sich in Rocksänger zu verlieben, fiele dir nicht mehr ein.

TOD *(singt)*.

Ich ging wie immer allein am Strand,
vielleicht war es auch eine Straße,
als ich dich dort fand,
du süßer kleiner Hase.
Mein Leben war zuvor so öd.
Dann machte alles Sinn.
Alleine ist das Dasein blöd.
Te chiero – vamos a la playa
Tu mio fiore di Biscaya
Besamo mucho mi amor – ti corazon
Paella e ejaculation *(transpiration)*
Ich kann nicht leiden, was du denkst.
Dein Kopf ist mir zuwider.

Doch alleine hing ich längst,
und zu zweit nennt man das Lieber.
Mein Leben war zuvor so öd.
Dann machte alles Sinn.
Gut, dass ich jetzt bei dir bin.
Te chiero – vamos a la playa
Tu mio fiore di Biscaya
Besamo mucho mi amor – ti corazon
Paella e ejaculation *(transpiration)*
Chicas a caricas
Il tiempo e mui bien mi amor
Un dos tres
Bruschta, gruschta, muschta verluschta
Ga ga ga gasch
Canta caca canta
Du figlio del dio

ALLE.

Á la derecha
Á l'isquierda
Y todo mi cabezza
Macarena!

TINA. Jetzt sind wir schon drei Jahre zusammen. Und lieben uns immer noch wie am Anfang.

HELGE. Hm.

TINA. Ich finde es schön, dass wir es jetzt so ruhig haben miteinander.

HELGES ANGST *(zu Tinas Angst)*. Kollege, ich glaube, jetzt ist ein wenig Einsatz gefragt. *(zu Helge)* Du langweilst dich mit ihr. Du magst dir nicht vorstellen, mit ihr alt zu werden, denn du bist schon alt.

TINAS ANGST. Er rutscht dir weg. Er wird dich verlassen. Rede ganz viel, das mögen Männer.

TINA. Ich bin schwanger.

HELGE. Das ist ja irgendwie auch schön.

HELGES ANGST. Helge, da bin ich wieder. Bist du durcheinander?

HELGE. Ja, so, also. Ich meine … – ich freu mich gar nicht.

HELGES ANGST. Versteh ich gar nicht. Ein Kind ist doch was Feines. Pseudokrupp, Durchfall, Röteln. Es gibt einem so viel Liebe. Drogensüchtig, HIV, Tripper, Syphilis, Weicher Schanker. Es ist wie ein neues Leben beginnen. Eltern von Sohn mit dem Beil erschlagen. So süß. Legasthenie, Missbildung, Cholera. Blut, Gehirn an die Decke. Oh, Papa, das hab ich echt nicht gewollt. Weihnachtsbaum schmücken. Därme dran. Dein Vater hatte es doch auch schön mit dir.

FRAU GOTT. Ein Kind ist ein Geschenk Gottes.

TOD. Nehmen Sie sich doch noch ein bisschen wichtiger.

TINA. Helge, wo sollen wir das Babybettchen hinstellen?

HELGES ANGST. Siehst du, sie denkt schon nicht mehr an dich.

HELGE. Vielleicht in den Keller?

TINA. Hast du was dagegen, wenn es in unserem Bett schläft?

HELGES ANGST. Sie ist wahnsinnig geworden. Los, verschwinden wir.

HELGE. Ich muss noch mal los.

(Helge geht mit der Angst einen saufen.)

HELGE. Ich begehre sie nicht mehr, wenn ich ihren fetten Arsch sehe, die Streifen auf der Haut. Ich schau nach jüngeren Mädchen. Mit ihren kurzen Röcken, den kleinen Titten, überall sind diese Mädchen, mit festem Fleisch, schnappenden Mösen, kleinen Härchen auf dem Arm. Und ich hasse mich dafür. Und die kleinen Mädchen. Kann ich nie mehr eine andere haben?

HELGES ANGST. Du kannst andere haben. Darfst es ihr nur nicht sagen.

HELGE. Echt?

HELGES ANGST. Sicher doch.

TOD. Schwangere Frauen betrügen bringt Unglück.

FRAU GOTT. Da muss ich Ihnen jetzt mal zustimmen. Ah, wie ich sehe, ist das Kind auch schon geboren.

REH. Die vermehren sich ja wirklich schrecklich.

HELGES ANGST. In dieser sterbenden Welt hat Liebe keine Chance mehr. Wächst nicht auf verdorbenem Boden. Der Hedonismus, der Konsum, der Wegfall von Versorgungsgemeinschaften macht aus Männern und Frauen, was sie von Beginn ihrer Entstehung waren, zwei unterschiedliche Rassen, die sich für den Erhalt benötigen, für gegenseitiges Verstehen und Mitgefühl nicht geschaffen …

FRAU GOTT. Was redet er?

TOD. Er ist intellektuell geworden.

FRAU GOTT. Der Erfolg macht ihn wahnsinnig.

(Helge sitzt Tina gegenüber.)

TINA. Liebst du mich nicht mehr?

HELGE. Also, weißt du. Liebe ist so ein Wort, aber wenn ich über das Wort nachdenke, dann muss ich sagen …

HELGES ANGST. Feigling.

HELGE. Nein.

10. Szene

TINA. Die Nacht, in der ich sterben wollte, war nicht ganz dunkel, nicht hell, verwaschen wie alles in der Hälfte des Jahres, die dem Tod vorbehalten ist. Fast im Schlaf noch sah ich mich aufstehen, das Kind anziehen, zur Krippe bringen, ins Büro gehen, in der Pause Instantnudeln essen und Telefonate mit Menschen führen, die schon mit der Darbietung der Tageszeit Lüge sein würden. Lag, ohne mich zu bewegen, mit geschlossenen Augen, geschlossener Seele und fühlte in einen toten Zustand. So wäre es, keine Entscheidungen treffen müssen, nicht mehr verantwortlich sein für mein Leben, liegen. War ein großer Friede und der Tag, an dem ich sterben wollte, ein guter. Lag in meinem Bett und wollte den Abstieg beginnen, als ein kleiner Lurch auf mein Bett hopste und trotz seines Holzbeines tanzte. Lachte und sang. Teppiche jetzt auch in Zimmergröße, sagte er, und ich erschlug das erbärmliche Vieh und hub wieder das Sterben an.

REH. Mein Freund, der Lurch.

TINA. Warum hat uns bei der Geburt keiner gesagt, was für einen Job wir hier haben, sonst sagen sie einem doch jeden Mist, was man anzuziehen hat, wie man Nahrung zu sich nehmen und die Straße überqueren soll. Warum verdammt gibt es keinen König, der allen Frischgeborenen vor der Geburt erklärt, worum es geht. Liebes Kleines, in ein paar Tagen wirst du auf die Welt kommen, deine Aufgabe wird es sein, Klempner zu werden, ein Kind zu zeugen und einen Komposthaufen anzulegen. Versuche nicht mehr zu wollen, sonst mach ich dir den Garaus.

TINAS ANGST. Ich glaube, wir gehen jetzt besser. Hier haben wir nichts mehr verloren.

(Tina packt und geht. Mit dem Kind. Und ihrer Angst. Helge kommt nach Hause. Tina ist weg.)

TAPIR. Das wird ein Nachspiel haben.

11. Szene

HELGES ANGST. Sie ist weg. Bist du jetzt erleichtert?

HELGE. Ich bin nicht erleichtert.

HELGES ANGST. Tut mir leid.

FRAU GOTT. Helge ist nicht erleichtert. Ohne Religion und Familie ist ein Mann dem Untergang sehr nahe. Er verwahrlost.

HELGES ANGST. Jetzt bist du alleine, das ist doch großartig. Du bist jung, gesund. Verdienst sauber Geld, und gleich bist du völlig frei.

(Helge sitzt an einem Tisch der als Plattenfirmenboss verkleideten Angst gegenüber.)

HELGES ANGST. Ja, also, mein lieber Freund, Sie haben sehr gut gearbeitet, schnell und effizient. Die Schubkraft erhöht und den In- und Output, sehr gut, sehr gut, und gerne würde ich jetzt sagen, hey, guter Mann, Zeit für eine Gehaltserhöhung, aber stattdessen sage ich, Zeit für Sie, sich umzuorientieren. Sie haben doch bestimmt keine Lust, als Fossil zwischen all den fähigen Achtzehnjährigen hier zu arbeiten. Machen sich doch lächerlich, das wollen wir nicht. Guten Tag noch und auf Wiedersehen.

HELGE. Was mache ich jetzt?

HELGES ANGST. Wie gefällt dir der Gedanke, dich umzubringen?

HELGE. Nicht so toll.

SCHNAPPHAMSTER. So, da bin ich wieder. Hab ich viel verpasst?

REH. Er will sich gerade umbringen.

SCHNAPPHAMSTER. Interessant, worauf Menschen so kommen.

TAPIR. Nur wer sich zu wichtig nimmt, nimmt sich das Leben.

SCHNAPPHAMSTER. Ich kann mir das nicht vorstellen. So ein Ego.

TAPIR. Es hat etwas mit Gottgleichheit zu tun, ihr wisst schon, diese Figur, die sie sich ausgedacht haben, um ihr Ego in Schach zu halten.

SCHNAPPHAMSTER. Was sie wohl mit Liebe meinen mögen?

REH. Kraulen.

TAPIR. Liebe gibt's im neuen Wortschatz nicht. Und das ist keine Lücke, sondern eine Bereicherung. Hoffentlich bringt er sich jetzt nicht um.

ALLE TIERE. Weiterleben, weiterleben!

HELGE. Haltet doch einfach den Mund, ihr Kackviecher.

TAPIR. Helge, geh doch los, geh raus. Ändere dein Leben, den Rest, der davon geblieben ist. Geh nach Italien. Ans Meer. Fang Fische, alles besser, als in der Wohnung zu sitzen, zu verfaulen, lebendig. Geh, Helge, geh los.

SCHNAPPHAMSTER. Oder du ziehst dich an, wäschst dich und gehst in eine Bar, ein Mädchen aufreißen.

HELGE *(zur Angst)*. Soll ich wirklich?

HELGES ANGST. Was redest du?

HELGE. Ich sagte, ich gehe jetzt aus. Ohne dich.

(Frau Gott singt »We're All Just Animals«.)

HELGES ANGST. Das wüsst ich aber.

HELGE. Nimm dies.

(Schlägt die Angst k. o. Zieht sich an, geht in eine Bar. Da ist ein Mädchen.)

HELGE. Hallo, Mädchen. Willst du mit mir kommen?

MÄDCHEN. Überhaupt nicht.

(Helge schlägt sie nieder und schleift sie in seine Wohnung, reißt sie auf.)

TAPIR. So war das nicht gemeint, Helge. Versuch es noch mal. Los, mach zu.

(Helge steht auf, wirft die Leiche aus dem Fenster und geht wieder in eine Bar.)

HELGE. Hallo, Mädchen. Möchtest du mit mir Verkehr?

MÄDCHEN. Ich denke mal, eher nicht.

(Helge schlägt sie nieder. Tod kommt, reicht ihm ein Beil.)

HELGES ANGST. Los, trau dich. Sie foppen dich, die kleinen Mösen. Mach sie alle.

(Helge macht sie alle. Musik verstummt.)

FRAU GOTT. Frau Tod, Ihr Auftritt. Und dir, Helge, muss ich leider sagen, dass so einfach Menschen umbringen nicht in Ordnung ist. Ich zähle zwei Leichen. Mit deinem Vater wären es sogar drei, da muss ich dich jetzt leider mitnehmen und für 20 Jahre einsperren.

HELGE. Oooch.

TAPIR. Jetzt geht es ab. Musik! Musik!

SCHNAPPHAMSTER. Das klingt nach einer kleinen Kunststückpause.

REH. Oh ja, ich kann den Schleiertanz.

TAPIR. Und ich kann steppen.

SCHNAPPHAMSTER. Worauf warten wir?

(Die Tiere tanzen zu »We're All Just Animals«, kleines Finale.)

Vierter Teil. Das Alter

12. Szene

TOD *(singt).*

Die Zähne gelb, die Haut so fahl,
ach bitte darf ich noch einmal.
Doch noch einmal, das liegt nicht drin,
weil ich sonst ohne Arbeit bin.
Du riechst so mies, du schmeckst so schal.
Und bettelst: bitte noch einmal,
und ich sag: no! tickst du noch richtig.
Du bist bald für den Humus wichtig.

KRANKENSCHWESTER. Morgen, essen, aufstehen, ab zur Love Parade, Mädels aufreißen, danach Koffer packen und echt cool nach Ibiza. Oder, was haben wir heute noch vor, Helge. Ach, nichts. Im Bett liegen und alles vollscheißen. Na, ist auch eine Alternative.

(Stellt einen Futternapf hin.)

HELGE. Was ist mit meinem Arm?

KRANKENSCHWESTER. Mussten wir abnehmen, ist besser so, ist weniger zum Waschen.

HELGE. Ich will weg hier, ich will aber …

FRAU GOTT. Herzlich willkommen auf der letzten Station. Helge hat endlich Ruhe gefunden. Sein Leben war anstrengend, sodass man nun von einer gepflegten Lebensmüdigkeit sprechen kann.

(Helge liegt im Bett. Helges Angst sitzt daneben.)

HELGE. Ich schwöre.

FRAU GOTT. Na, was schwörst du denn?

HELGE. Ich schwöre alles. Ich will nur noch einmal in meinem Bett aufwachen, und draußen ist alles verschneit. Meine Augen in einem Baum, der weiß ist von Raureif …

FRAU GOTT. Du willst, dass ich deine Augen in einen Baum hänge?

HELGE. Ich will nach Asien fahren. In einem schmutzigen Hotel schlafen, unter einem Moskitonetz. Und morgens um fünf geweckt werden, von Fahrradklingeln, rausgehen auf eine staubige Straße und schlechten Kaffee trinken.

FRAU GOTT. Ist klar, schlechter Kaffee.

HELGE. Ich möchte ein Mädchen treffen und nach der ersten Nacht mit ihr nach Paris fahren. Auf die Dächer schauen und wissen, uns gehört die Welt. Ich würde sie so lieb haben. Ich würde wissen, was es heißt, einen Menschen halten zu dürfen. Einen gefunden zum Liebhaben, wüsste ich, was das hieße.

FRAU GOTT. Du hattest mal ein Mädchen.

HELGE. Ich dachte, Tina wäre nur ein Mädchen, und es kämen bestimmt andere, wenn eines kaputt wäre. Ich möchte, bitte, bitte, ich möchte noch mal im November über ein Feld laufen, eine rote Nase bekommen vor Kälte und dann ins Zimmer, an einen Ofen, einen heißen Tee und ins Bett, das Fenster offen, und die Novemberluft könnte mir nichts anhaben.

FRAU GOTT. Sonst noch was?

HELGE. Ich möchte in London leben, in Hongkong, in Paris, ich möchte ans Meer. Oh bitte, bitte, noch einmal ans Meer.

TOD. Immer wollen sie zuletzt ans Meer, die Spinner. Wollen am Meer hocken, aufs Wasser glotzen, in den Himmel, das Rauschen der Wellen hören, die Luft beschmutzen mit ihren kleinen Gedanken. Oh, das Universum, denken sie, das hört ja wirklich nirgends auf, und dann gucken sie wichtig in die Luft, halten den Kopf schief … jaja, das Universum.

KRANKENSCHWESTER. Mittag, Mahlzeit, alter Scheißer, schön lustig bleiben.

FRAU GOTT. Das Alter kommt über Nacht, und schlimm dran, wer nicht schnell genug gelebt hat.

TOD *(singt)*.

Da liegt der Mensch dann auf der Bahre
und denkt an seine besten Jahre.
Es riecht so fremd, es ist so kalt,
und keiner da, denn er ist alt.
Leise weint und wimmert er,
Mensch du Mensch, mach's dir nicht schwer,
beiß dir doch die Adern auf,
dann nimmt's noch einen guten Lauf.

KRANKENSCHWESTER. Hoppla, da ist schon wieder ein Tag vorbei, und du kannst schlafen. Hast du das gut. Ich muss jetzt nach Hause, meinen echt jungen Körper duschen, weil der so nach altem Fleisch stinkt, du verstehst schon, dann muss ich mich hübsch anziehen, weil ich mit meinem Freund fein essen gehe, und unter dem Tisch fasst er mich an, und ich drücke ihm meinen Slip oder meine Möse in die Hand, und er schüttelt ihn oder sie oder beide, und dann auf das Klo in dem Restaurant und im Stehen ein Verkehrli und dann tanzen, tanzen, tanzen, echt Spaß haben, heimgehen, kuscheln und schlafen. Das wird mal wieder anstrengend, Mann, wie ich dich beneide, ich muss mal los.

HELGE. Es muss noch etwas passieren. Das kann es nicht gewesen sein. So eine kleine Sache kann das Leben doch nicht gewesen sein.

HELGES ANGST. Vielleicht solltest du noch mal so richtig Verkehr haben.

HELGE. Au ja! Mein Glied ist gut, mein feines Glied, mein guter Freund, hoho, was ein Glied, alle aufspießen damit, mein T-Träger, und rein damit, und weg mit der Schädeldecke, wenn er explodiert, ein Päuschen, und ich kann schon wieder. Beiße in frisches Fleisch, zerkaue Slips, spucke sie aus, setze dann an mit meiner Maschine, hoble los ...

TOD. Oh Gott ...

FRAU GOTT. Was geht?

TOD. Hören Sie sich das an, das ist wirklich abstoßend.

HELGE. Mein Glied, gleich geh ich mit dir los. Fick ein paar Miezen, du starkes Ding, mein Glied, ich werde euch alle zu Tode spritzen, euch abfüllen, ihr geilen Viecher, ihr wollt es doch. Ficken, wichsen, bumsen, nimm ihn in den Mund, kau ihn durch, du Bückstück.

TOD. Entschuldige, dass ich dich unterbreche. Ich bin gekommen, um dich zu holen.

HELGE. Ich muss doch noch ficken, lass mich, ich muss noch so viele ficken.

TOD. Bist du so weit?

HELGE. Bitte, bitte ...

TOD. Okay, Mann, war doch nur Spaß.

KRANKENSCHWESTER. So, haben wir wieder eine Nacht geschafft. Na prima, bin ich froh, dann kannst du ja noch richtig was erleben heute.

HELGE. Was ist mit meinem Glied?

KRANKENSCHWESTER. Mussten wir abnehmen, alles weg, schön sauber. Mahlzeit, schlürf nicht wieder so, mach das Bett nicht nass, es gibt nur einmal im Jahr neue Wäsche. Also, ich weiß ja nicht, was ihr euch so gehen lasst. Das passiert mir nicht, das schwör ich. Die Alten sind echt willensschwach. Keinen Spaß mehr, nur verbittert, die alten Seicher. So ende ich nicht. Erst mal werde ich ziemlich alt, sehe sehr gut aus, bin aktiv und wohn mit lauter guten Typen in einem voll guten Haus.

HELGE *(zur Angst)*. Komm her, bitte, halt meine Hand.

HELGES ANGST. Trösten ist nicht unbedingt die Welt, für die ich kämpfe.

HELGE. Aber du bist der Einzige, der immer bei mir war.

HELGES ANGST. Soll ich dir was verraten. Das war nicht freiwillig. Das ist mein Job.

HELGE. Hat mich denn keiner geliebt?

HELGES ANGST. Also, ich sag mal so, um ehrlich zu sein, ich glaub nicht.

TAPIR. Ist das traurig. Da suchen sie nach etwas, was es gar nicht gibt.

REH. Die meinen wieder kraulen?

TAPIR. Jaja, sie sind schon sehr instinktgesteuert. Schaut nur, wie es endet. Das könnte uns nicht passieren. Dank unserer überragenden Gentechnologie.

KRANKENSCHWESTER. Ich glaub, in ein paar Minuten ist er so weit.

FRAU GOTT. Das sieht nicht gut aus, es geht wohl zu Ende.

TOD. Ging ja ein bisschen unspektakulär, eigentlich mag ich es lieber fetziger.

KRANKENSCHWESTER. Lass meine Hand los, alter Scheißer. Ich bin nicht hier, um deine Hand zu halten. Ganz schön traurig, was, wenn da keiner ist. Hast du immer gedacht, das würde sich alles noch einrichten. Hast ja genug Zeit, hast du geglaubt. Ich seh sie sterben, jeden Tag. Glücklich stirbt keiner. Sie haben sich alle vorzuwerfen, gar nicht da gewesen zu sein. Du bist allein, mit deinem Kummer, in deinen Wänden, der Kummer, der kommt, und das Wissen, nichts zu sein, nicht zu bleiben, nicht gehen zu wollen, gehen müssen, nichts erreicht, und keiner da, zum Handhalten, deine Augen zu lecken, den Kopf zu halten, wenn er nach unten sinken mag. Allein, die ganze Zeit, weil du nicht teilen konntest, kann vielleicht keiner, teilen, lieb haben, geht nicht, sind doch nur Menschen. Mann, das war für eine blöde Altenpflegerin ganz schön gut gesagt.

(Frau Gott, Tod gratulieren der Schwester.)

HELGE. Bitte, bitte, ich will noch einmal von vorne anfangen. Ich weiß jetzt, wie es geht. Bitte, ich gebe alles, was ich habe, dafür.

TOD *(singt)*.

Da wimmern sie, oh Gnade, Gnade.
Ich sag, gleich kommt die fette Made.
Ein Dasein ist eh viel zu lange.
Warum seid ihr denn bloß so bange?
Es kann doch nur noch besser werden.
Was war das für ein Scheiß auf Erden.
Habt gelitten und gestrampelt,
ich sag, genug herumgehampelt.

HELGES ANGST. Was glaubst du denn, was noch passiert. Willst du noch ein Jahr in deinem Bett verbringen. Sei doch froh, dass es vorbei ist.

(Helge weint.)

TOD. Wissen Sie, solche Szenen bin ich gewohnt. Jeder führt sich so auf. Ich hab dann auch keinen Spaß mehr. Bin ja kein Schwein.

(Tod versucht, Helge das Leben auszulöschen. Im selben Moment stirbt die Angst.)

HELGES ANGST. Oh Mann, seid ihr bescheuert. Ich bin's doch, die gute alte Angst. Aufhören, ihr Schwachköpfe …

(Die Angst stirbt.)

HELGE. Die Angst ist tot, schade, ich mochte sie gerne.

FRAU GOTT. Und jetzt fangen wir wieder von vorne an.

HELGE. Au ja.

TAPIR. Ich glaube nicht. Schatz, noch ein Lied, ehe wir zu Bett gehen?

REH. Gerne, mein Goldhase.

(Alle singen zusammen »Ponte Cenere«.)

SCHAU, DA GEHT DIE SONNE UNTER

Personen

SIE 1
SIE 2
ER 1
ER 2

BARMANN
BLONDI
DAS BETT
DER ARZT
DIE AUSSICHT
DJ
FOXY
GERÄTE
GUMMIBAUM
JUGO
JUGO-AUTO
KASSIERERIN
KLEINER HUND
KNEIPIER
KOLLEGE
KRANKER MANN
KREBS
NACHBARIN
PROSTITUIERTE
PROSTITUIERTE YVETTE
RILKE
STASI
STÖPSELHUND
STYLISTIN
UDO JÜRGENS

Schau, da geht die Sonne unter 1
Spaß ab 40

1. Szene

SIE 1. Seine Augen bewegten sich schnell hinter geschlossenen Lidern, seine Hand, wäre da noch eine gewesen, hätte sich in meine gekrallt. Da liefen die letzten Tage und Stunden vor einem Rest seines Gehirnes, hätte er noch eines gehabt, ab, sagte der Arzt. Das sei so, vor dem Tod, sagte der Arzt.

DER ARZT. Wir haben hier ein schweres Schädel-Hirn-Trauma, eine Mittelgesichtsfraktur und diverse innere Verletzungen, die zum Exitus führen werden. Aber hoppla. Der Zustand, in dem der Patient sich aufhält, ist am ehesten mit dem Moment vor dem Einschlafen zu verstehen. Die Bilder des Tages, verwoben mit Ideen, wie der Tag hätte sein können, tigern träge durch ein fast funktionsuntüchtiges Hirn. Neben dem Patienten eine liebende Frau. Immer dasselbe. Ein zu spätes Begreifen. Das langweilt mich sehr, die emotionale Seite meines Berufes. Zu meiner Erbauung stelle ich sehr gerne Gegenstände dar. Jetzt muss ich mal wieder.

2. Szene

ER 1. Ich erwache um fünf. Eine hervorragende Zeit, denn etwas wahrzunehmen gelingt mir erst Stunden später, und dann ist die Hälfte des Tages bereits beseitigt. Den ersten Kontakt zur Welt stellen meine Füße her, die auf einen Läufer treffen, der wie eine Hundekrankheit aussieht und von dem ich nicht zu sagen weiß, wie er in meine Wohnung gelangte.

NACHBARIN. Ich erwache jeden Morgen dadurch, dass sich Urin durch eine verstörte Prostata quält – in kleinen Schwällen, wie krampfhaft Erbrochenes, auf den Wasserspiegel der Toilette aufschlägt. Erwache von der Toilettenspülung, vom Sich-Räuspern und Auswurf, der irgendwo landet, in der Nachbarwohnung.

JUGO-AUTO. Scheiße, ich bin ein Auto.

NACHBARIN. Ich wohne in einem Zimmer, in einer Straße der Gescheiterten, siebzig Prozent Arbeitslose, der Gerichtsvollzieher war schon in jedem Haus und so weiter – habe Tränensäcke und merke, dass mich junge Menschen nicht mehr wahrnehmen. Mir ist klar, was das heißt, denn ich war gestern jung. Ich wache auf und sehe eine gelb gerauchte Zimmerdecke, einen Gummibaum und tote Fliegen auf der Fensterbank.

ER 1. Hat er geklingelt, der Teppich? Unter welchem Vorwand? Hat ihn ein Besucher dagelassen? In den letzten sieben Jahren bekam ich einmal Besuch.

NACHBARIN. Den Tag verbringe ich mit Herumlaufen. Ich laufe von der Küche ins Zimmer, liege auf dem Bett, schaue fern, laufe wieder in die Küche, aber – da ist auch nichts passiert in den vergangenen zehn Minuten. Nachmittags pflege ich ein paar Stunden Alte, auch um mich mit meiner Zukunft vertraut zu machen. Gerippe, die in ungeheizten Wohnungen verschimmeln, in ihrem Kot liegen, ihrer Pisse, und weinen vor Einsamkeit. Mitunter klingele ich bei Nachbarn. Irgendetwas passiert dann meist, worüber ich nachdenken kann, was mich von mir ablenkt.

ER 1. Damals kam eine Nachbarin zu Besuch. Sie saß fünfzehn Minuten in meinem Wohnzimmer. Ich wusste nicht, wie man sich in dieser Situation zu verhalten hat. Die Frau ging dann wieder, und es machte mich traurig, nicht zu wissen, wie man sich verhält. Vermutlich haben Menschen mehr Spaß, die wissen, was zu tun ist bei überraschenden Besuchen, Unfällen, Stehpartys, Bewerbungsgesprächen oder beim Retten Minderjähriger. Dass die Nachbarin einen Läufer dagelassen haben soll, scheint mir unwahrscheinlich.

NACHBARIN. Merkwürdig.

ER 1. Irgendetwas ist unangenehm. Mein Blick folgt dem Unangenehmen und sieht Füße, die wie zwei weiße kalte Würste auf dem Teppich liegen. Ich habe großes Mitleid mit meinen Füßen, ich glaube, sie wurden noch nie gestreichelt.

NACHBARIN. Irgendwann war der Teppich, der jahrelang vor meiner Tür gelegen hatte, verschwunden, wie der Mann, der ihn mir geschenkt hatte.

3. Szene

ARZT. Irgendwann begann ich mich für die letzten Minuten Sterbender zu interessieren. Ich habe sie sehr lange studiert und eine Methode entdeckt, die es mir ermöglicht, an ihren Lebensrückblenden mit leisem Erschauern teilzuhaben. Ein rechtes Durcheinander, das stattfindet, in den Köpfen. Nicht schön sortiert wie beim Enigma-Video – so prima ruhig von vorne nach hinten das Leben. Nein, da werden Dichtung und Wahrheit durcheinandergehauen, dass es nur so klappert in den Synapsen. Ich fand dann heraus, dass ich mich in ihre Erinnerungen einbringen kann – und sei es nur als Gummibaum.

SIE 1. Ich erwache zu früh und sehe, dass alles ist, wie ich es am Abend zurückgelassen habe. Staubig. Gelb. Kämpfe an gegen das Gefühl, weiterschlafen zu wollen, gegen den Druck in der Brust, und bringe mich für ein paar Minuten in einen Zustand von Energie, sodass ich fast sicher bin, ich würde es an jenem neuen Tag schaffen, etwas zu ändern, mich zu bewegen, woandershin.

NACHBARIN. Das Leben vergeht sehr schnell seit Geraumem, besteht nur aus Jahreszeiten, die sich wie über Nacht verändern, und ich habe Angst vor den Veränderungen, die aus dieser Geschwindigkeit entstehen. Obwohl ich mein Leben als gescheitert betrachte und nur mehr das Gefühl habe, Zeit abzusitzen, empfinde ich zunehmend die Veränderung der Welt als eine Bedrohung, alles Fremde als eine Bedrohung.

ER 1. Mir ist kalt, aber noch nicht schlecht. Schlecht wird mir erst, nachdem ich geduscht habe, weil sich das so gehört, mit dem Duschen und dem Schlecht-Werden, und es ist so unangenehm, dass ich denke: Schlimmer kann der Tag nicht werden. Meist habe ich Unrecht.

NACHBARIN. Das letzte Mal, dass ich berührt wurde, hat mir der zur Berührung gehörige Mann einen hässlichen Teppich geschenkt, wir haben zusammen die Sonne untergehen sehen, er sagte: Schau, da geht die Sonne unter, und ich dachte: Ja, das tut sie. Am nächsten Tag hat er mich verlassen. Er sagte: Ich liebe dich nicht mehr. Ich habe nicht begriffen, was er damit meinte. Seitdem bin ich alleine, gehen die Jahre sehr schnell vorbei, haben es eilig, im November zu landen, die Jahre, und die Haut an mir wurde mir fremd, und der Teppich kam vor die Tür.

SIE 1. Das halbe Leben vorbei. Ich habe das Gefühl, es verschlafen, vertrödelt zu haben vor dem Fernseher oder mit leerem Blick in Ecken. Manchmal verändere ich etwas in der Wohnung. Mit Blumen. Manchmal denke ich, ich könnte alles ändern, wenn ich wollte. Aber ich bin zu müde.

GUMMIBAUM. Es war ein warmer Nachmittag, und sie wollte ihre Wohnung verändern. Sie stellte Blumen hin, legte eine Decke auf den Tisch, hängte Poster an die Wand. Dann saß sie niedergeschlagen auf einem Sessel und merkte, dass sich nichts ändert durch einen Gummibaum und ein van-Gogh-Poster an der Wand.

4. Szene

KASSIERERIN. Erwachen, Kaffee kochen, wie blind vor Müdigkeit in der Küche sitzen, in den Supermarkt gehen, der stinkt morgens, das Neonlicht ist zu hell, meine Kasse einrichten, das Kissen auf den Kassiererstuhl, es ist speckig von meinem Schweiß, Kaffee trinken, aus dem vergitterten Fenster im Aufenthaltsraum in den Hinterhof schauen. Jeden Morgen.

ER 1. Ich wohne seit fünfzehn Jahren hier. Damals hatte ich überall schwarze Tücher aufgehängt, habe Drogen gegessen, Hesse, Leary und Castañeda gelesen und mir den Tod vorgestellt, der immer mit weißen Lilien zu tun hatte. Alle, die ich kannte, spielten in Bands und sangen von Darkness und Death, trugen schwarze Kleidung und waren unterernährt, viele sind gestorben, meist an Selbstmord, und ich bin aus Versehen übrig geblieben. Ich habe wenig Veränderungen an mir. Es sieht nur einfach nicht mehr so lässig aus, heute, das Ich, mit den schwarzen Sachen.

NACHBARIN. Ich spare. Also, nicht dass da was zusammenkäme. Aber ich denke immer: Ich sollte sparen. Und dann auswandern. Nach Neuseeland. Ich glaub, so bei den Maoris, da würde ich mich wohlfühlen. Die Männer haben Tattoos und lange Haare. Sie sind sehr wild. Ich glaube, dass ich in ein paar Jahren einfach dahin gehe.

SIE 1. Wenn er aus dem Bad kam, gegen die Tür taumelte und ausglitt, beobachtete ich ihn. Ich trank meinen Kaffee und schaute ihm beim Stolpern zu. Ich wohnte im Haus gegenüber und dachte, wenn man mich von außen sehen würde, wirkte ich sicher wie er. So uninteressant, dass man sich fragt, wozu das einer beobachten sollte.

KASSIERERIN. Damals habe ich mich für Totenrituale interessiert. War viel auf Friedhöfen und so. Ich dachte, vielleicht würde ich mal so was studieren. Ich hab dann immer zu lange geschlafen und war unglücklich verliebt und hatte Jobs, und dann war ich zu alt zum Studieren.

ER 1. Als ich jung war und dachte, dass ich mit dreißig tot sein würde, weil ich dann alt wäre, wusste ich nicht, dass Sterben ein Leben lang dauert. Jeder hat irgendwann seinen Höhepunkt. Meinen habe ich mit großer Wahrscheinlichkeit verschlafen.

SIE 1. Ich wohne hier, seit ich zwanzig war. Damals war die Wohnung billig, und ich besuchte sie nur zum Schlafen. Ich sah gut aus und stand in Bars herum, in denen dünne junge Männer verkehrten. Wir hörten Sisters of Mercy und redeten über den Tod. Ich wusste, irgendwann wird etwas passieren für jemanden wie mich, der so ungewöhnliche Gedanken hat.

KASSIERERIN. An der Kasse, das ist nur ein Übergangsjob. Auch interessant, so ein Stück weit. Anhand der Dinge, die auf dem Band an meiner Kasse vorbeifließen, lässt sich sehr genau sagen, wie einer ist und was er mit ins Grab nehmen würde, wenn er könnte. Interessant ist das schon.

ER 1. Der morgendliche Geruch im Haus ist schwer zu ertragen. Der Nase, recht empfindlich nach monothematischen acht Stunden Schlaf, müssen die verschiedenen Geruchsinformationen – altes Wischwasser, Rauch, Essen, schlafende, nicht sehr reinliche Menschen und sehr viel Angst – wie eine Naturkatastrophe erscheinen.

SIE 1. Die Menschen, die in diesem Viertel wohnen, rauben Lebensraum für junge Programmierer und Event-Manager. Hermes-Schreibmaschinen in einer Microsoft-Welt.

ER 1. Ich wohne in einem typischen Gasleitungsexplosions-, Flugzeugabsturz-in-Häuser-, Bombenfund- oder Großbrand-Viertel. Die Leute hier sind auf niedrigstem Niveau gescheitert, sie können nichts Besonderes, sie sehen nicht ansprechend aus, sie sind nicht jung. Hier wohnt die Bevölkerung. Solche Menschen sterben bei Unglücken. Solche Menschen wählen Hitler oder Berlusconi oder nichts, sie liegen in Krankenhäusern, und man hat ihnen so ziemlich alles entfernt außer dem Kopf, und damit rauchen sie dann eine und sagen: Es muss ja.

5. Szene

KRANKER MANN. An den künstlichen Darmausgang gewöhnt man sich. Sie hatten gesagt, dass sie noch nicht wissen, wie das mit der Prostata rauskommt. Der letzte Krebs, das war die Milz, ging ja gut weg. Da darf man nicht zimperlich sein. Ich bin in Krankenhäusern, seit meine Frau weg ist, seit mich der Chef, ein Scheißjugo, aus der Scheißfirma gemobbt hat, seit ich zu Hause sitze und Bier trinke, bin ich in Krankenhäusern. Scheißleben.

ER 1. In absehbarer Zeit werden zwei Drittel aller Menschen in den Industrieländern depressiv sein. Find ich wenig.

KRANKER MANN. Wenn ich entlassen werde, geht der Stress wieder los. Ich muss zu einer Kommission wegen der Langzeitkur für Morbus-Crohn-Patienten. Das tote Meer fänd ich ja optimal für meinen Zustand, das wäre auch grade noch gut wegen der Gürtelrose, aber vermutlich zahlen sie nur Bad Bramstedt. Dann geht wieder der Kampf um die Invalidenrente los, eventuell kann ich diesmal sogar auf einer Pflegerin bestehen. Ich meine, das ist mein gutes Recht als Bürger.

NACHBARIN. Ich unterscheide mich von all jenen, die reicher sind, nur dadurch, dass ich ärmer bin. Das macht mich verdammt wütend. Dass alle sind wie ich, sogar die Türken in der Straße und die Jugos und die Aussiedler, alle sind wie ich, und alle haben wir ein Scheißleben, und ich trockne aus, keiner will mehr meine Geschlechtsteile anfassen, und ich bin zu jung, um nicht mehr angefasst zu werden, und ich schlage manchmal kleine Hunde. Das tut gut.

KLEINER HUND. Sau!

KRANKER MANN. Wenn man seit zwanzig Jahren mit seiner Gesundheit Probleme hat, kennt man sich aus. Besser als die Ärzte, würde ich mal meinen. Die kommen ja meist frisch von der Uni und sind überbeschäftigt, und ich meine, was will so einer mir über mich erzählen, ich hab ja schließlich die Fachbücher gelesen.

ER 1. Ich verstehe nicht, was Menschen am Ostblock so furchtbar finden, jede normale Stadt sieht aus wie Ostblock. Die Häuser bersten vor Milben, kleine Kioske, aus denen Alkoholgestank dringt, die Straßen voll vom Nachhall der verzweifelten Nächte – da liegen sie mit hektischen Flecken im Gesicht auf der Suche nach einem Wunder. Das sich natürlich nie einstellt. Und dann sind sie eingeschlafen wie ohnmächtig, verzweifelt, weil sie ahnen, dass es keine Rettung gibt und sie doch in der nächsten Nacht wieder suchen werden. Und in zerwühlten Betten hinter voll gepissten Hauswänden, da liegen sie, die Menschen in der Stadt, und wollen nicht erwachen.

JUGO. Mein Auto hat eine Seele. Allah sei Dank. Es rast los mit mir, mein Auto, und ich hinter dem Steuer, kann kaum das Lenkrad halten, da sieht man den Bizeps geil dabei, und wenn einer uns in den Weg kommt, springt er mal besser zur Seite, sag ich mal.

ALLAH. Ich habe dem Auto eine Seele gegeben. Allah sei Dank.

KASSIERERIN. Früher, also gestern, ging ich in Supermärkte. Ich habe die Kassiererinnen nie wahrgenommen. Sie waren Ausländer und alt. Ich hatte studiert, irgendwas, das mich nicht interessierte, und das abgebrochen und dann gejobbt und gedacht, es käme sicher etwas – ein Talent oder ein Rockstar, und jetzt sieht es so aus, dass ich altere, und der letzte Mann, den ich hatte, ist nach einer Woche verschwunden, und ich arbeite an der Kasse in einem Supermarkt und begreife immer noch nicht wirklich, dass es sich dabei um mich handelt.

ER 1. In der Dunkelheit, in der Kälte, zur Arbeit, an Fenstern vorbei, in denen das Licht angeht, an Kneipen vorbei, aus denen die letzten Trinker kommen, jeden Morgen mit einer unbestimmten Übelkeit, mein Herz rast, je näher ich meiner Arbeitsstelle komme. Noch ein paar Minuten bis Arbeitsbeginn, stehe ich an einen Baum gelehnt, schaue in die Luft, da ist es grau, rauche noch nicht einmal und denke: Der Himmel ist für andere.

ARZT. Ich hab immer das Bedürfnis, ein wenig Ordnung in die Erinnerungen zu bringen. Am besten, wir trinken erst mal einen und beruhigen uns ein wenig.

6. Szene

KNEIPIER. Sie sitzen in meiner Kneipe wie auf einem Gnadenhof. Traurige, alte Männer, von keinem gebraucht, arbeitslos oder im Schichtdienst, die trinken und das Gefühl haben, dadurch nicht allein zu sein, die dann heimgehen, in verwahrloste Wohnungen, um einen Tag abzuwarten, um abends wieder in die Kneipe zu gehen, die, wenn sie nicht Krebs haben, dann eine kaputte Leber oder Neurodermitis, und keine Idee mehr, und schlechtes Wetter hatte es immer.

ER 1. Du hast dich abhängig gemacht von deinem inneren Führer, der dir sagt, dass du nicht überleben kannst ohne ein Gehalt und feste Arbeitszeiten, und du wirst an Krebs sterben darum – du schleichst in ein hässliches Gebäude, du packst deine Thermoskanne aus oder holst dir bitteren Kaffee aus der Maschine, schaltest den Computer an und erledigst eine Teilarbeit, die ein Ganzes ergibt, das dich nicht interessiert, das niemandem etwas bringt. Das Licht ist zu hell, der Stuhl zu hart. Du könntest weinen. Lässt es aber.

KNEIPIER.

Dein Herz ist weg, kein Atem mehr,
die Brust, die hebt sich zentnerschwer.
Vor deinem Fenster hockt ein Geier,
du greifst nervös nach dem Herrn Meier –
Herr Meier, nun, den gibt's nicht mehr
drum geht ja auch dein Atem schwer.
Und wieder mal erkennst du klar,
dass alles nur ein Irrtum war.
Der Einzige, der dir noch bleibt,
das ist dein Freund – Herr Einsamkeit.

KREBS. Sie sehen zu viel fern, wollen aus ihrem Elend. Aus seinem Elend kommt keiner, dann komme ich, der Krebs.

ER 1. Ich gebe Namen in den Computer ein. Die Namen sind möglicherweise an Menschen gekoppelt, und die wollen verreisen. Warum können sie nicht zu Hause auf den Tod warten, die Deppen?

SIE 1. Letzten Sommer lag ich auf dem Bett, draußen dreißig Grad, das Bett feucht und roch, wie Betten riechen, wenn sie lange nicht frisch bezogen wurden. Darum fuhr ich ans Meer. Betonpavillons und ein Hotelzimmer in einem Plattenbau und Brandflecken auf dem Teppich. Ich saß auf dem Boden, saß auf dem Stuhl, saß am Strand, umgeben von Familien, und langweilte mich. Ich hatte Angst, alleine in eines der gelben Lokale zu gehen und dort zu sitzen, dass alle sähen, wie ich dort säße, alleine.

KNEIPIER. Wenn ich an manchen Abenden meine Gedichte vortrage, lachen alle. Dabei sind sie nicht lustig gemeint.

ARZT. Haben sie Arbeit, ist es nicht gut, haben sie keine, sind sie auch deprimiert. Hätten sie doch Medizin studiert, die Deppen.

ER 1. Sie kaufen fremde Länder leer, ficken fremde Länder leer, sie verderben die Landschaft, die Menschen und kehren heim und haben nichts gelernt, reisen, ohne zu denken, kaufen Aktien, machen die Welt zu Amerika, erschrecken, weil die Welt Amerika geworden ist, und suchen nach einem Führer, der sie wieder heil macht, die Welt.

SIE 1. Stumm war ich in jenem Sommer. Es hat mich niemand angesprochen während der drei Wochen, und zum ersten Mal fiel mir auf, dass ich nun zu den älteren Frauen gehörte, die für niemanden von Interesse, die unsichtbar geworden waren.

KNEIPIER. Ich habe 678 Ablehnungen für meine Gedichte bekommen. Manchmal denke ich, dass ich einfach nichts kann, mein Leben so weitergeht, in einer miesen Kneipe. Aber dann habe ich doch wieder die Hoffnung, einmal entdeckt zu werden.

7. Szene

KOLLEGE. Angefangen hat es damit, dass ich mich über Gebühr auf die täglichen Mahlzeiten freute …

ER 1. Mir gegenüber sitzt ein Mann. Schwer zu sagen, wo er aufhört und das Gelb unseres Büros beginnt. Der Mann storniert die Buchungen, die ich eingegeben habe. Er dachte früher, dass das Leben einiges für ihn bereithalten würde, und stellte irgendwann fest, dass sein Bauch sich merkwürdig zu wölben begann, die Haare ausgingen, keine Frau mehr mit ihm schlafen wollte, weil er nach Versagen roch.

KOLLEGE. Jeden Donnerstag um acht Uhr dreißig kommt eine Prostituierte, die muss unter dem Schreibtisch meines Chefs knien und ihm einen blasen.

ER 1. Alle Angestellten schauen am Donnerstag um acht Uhr dreißig auf die Uhr. Sie stellen sich den Chef mit heruntergelassener Hose vor, stellen sich sein Glied vor, und manch mitleidiger Blick trifft die nicht besonders schöne Nutte, die pünktlich um acht Uhr vierzig das Büro meines Chefs wieder verlässt. Jeden Donnerstag von acht Uhr dreißig bis acht Uhr vierzig denke ich über Sex nach.

CHEF. Ich mag, wenn Frauen vor mir knien. Ich glaub, sie genießen das. So ein Stück weit.

PROSTITUIERTE. Ich schätze es nicht, vor Typen zu knien, das geht so auf die Gelenke. Ich stelle mir vor, ein Glied sei ein Plastikhundeknochen. Es befände sich auch kein Mann daran. Einfach ein Hundeknochen, dann kann ich sehr gut über andere Dinge nachdenken.

KOLLEGE. Ich erkannte bald sechzig verschiedene Arten Soße Bernaise am Geruch. Meine Ferien verbrachte ich in der Toskana auf Weinrundfahrten zu kulinarischen Kleinodien. Inzwischen esse ich immer. Ich geh auf die Toilette in der Firma, um schnell ein kaltes Roastbeef zu verputzen, in meinem Schreibtisch sind einige Snacks versteckt, in der Mittagspause haste ich zu einer Imbissbude.

PROSTITUIERTE. Ich werde langsam alt, das stört in meinem Beruf weniger, als man denken sollte, bei etwas Sich-in-Auflösung-Befindlichem wie mir, ist nicht schlimm, wenn er nicht steif wird oder riecht, denkt sich der Mann.

KOLLEGE. Ich fühle mich unglücklich, wenn ich nicht kaue, zermalme, werde ich unruhig, und der Schweiß tritt mir aus. Ich nehme diverse Würste mit ins Bett, einfach so, damit sie da sind, und dann wache ich auf und schaue nach, ob sie noch da sind. Mir ist ein wenig mulmig. Und ich habe oft so einen unbestimmten Hass.

ER 1. Vor meinem dreißigsten Geburtstag hatte ich eine Freundin. Wir haben stumm nebeneinandergesessen, und irgendwann habe ich mich über sie gelegt und mein Glied in sie geführt. Meine einzige Freundin von damals ging dann von der Kleinstadt in die Großstadt. Seitdem hat sich keine Frau mehr für mich interessiert, und ich behelfe mir mit Pornofilmen, zu denen ich einmal im Monat onaniere.

PROSTITUIERTE. Ich ging aus der Kleinstadt in die Großstadt und habe in einer Bar gearbeitet, in einer Küche gearbeitet, in einem Bordell, das aus einer Zwei-Zimmer-Wohnung bestand, gearbeitet. Ich musste die Tür öffnen, Gastarbeiter empfangen, mit dem Bordellbesitzer neben dem Bett sitzen, auf dem die Nutte Gastarbeiter befriedigte. Ich trank mit dem Bordellbesitzer, die Nutte redete mit uns, während sie die schmutzigen Genitalien gescheiterter Männer rollte. Dann habe ich mich auf eine Kleinanzeige beworben bei einer Filmproduktion und begann in einem Keller Pornos zu drehen.

KOLLEGE. Wenn ich nicht esse, schlafe ich. Wenn ich schlafe, habe ich Hunger, wache auf, und dann ist mir, als triebe mein Bett auf einem Meer aus Vanillesoße, um darauf in einen Apfelstrudel zu geraten, und ich habe so eine Wut, wenn ich sehe, wie alles verkommt, und dann habe ich Angst, und dann muss ich erst mal was essen.

PROSTITUIERTE. Ich habe dann zum ersten Mal gegen Geld mit einem Sex gehabt, und dann wieder, und es ging einfach, und ich wollte nicht mehr in einer Bar arbeiten oder einem Büro, und dass ich jetzt Prostituierte bin, ist nur ein Übergang. Ausländer bediene ich nicht.

ER 1. Ein kalter Moment, als ich mich in einem Spiegel sah, als ich nicht mit mir in einem Spiegel rechnete. Ein Bekleidungsgeschäft, wo ich in eine Hose stieg und nach einem Spiegel suchte, ohne zu realisieren, dass der Mann, der mich seit geraumer Zeit beobachtete, ich selber war. Ich begriff in jener Mittagspause, um zwölf Uhr dreißig, in einem Herrenausstatter, dass nichts mehr gut werden würde.

JUGO. Wenn es fährt, mein Auto, treten seine Adern hervor. 260 schafft es, von null auf hundert in zwei Sekunden, denke mir, wie ich über sie drüberbrettere, die Gottlosen, die mich behandeln wie Dreck, und ihr Hirn zerfließt unter meinen Reifen. Unter den Reifen meines Wagens. Der ab und an mal die Contenance verliert.

ARZT. Wirklich die Contenance?

JUGO. Ist doch egal was. Willst du paar aufs Maul?

8. Szene

SIE 1. Ich träume jede Nacht vom Herbst. Der Traum geht so, dass ich im Traum denke: Oh je – es ist schon wieder Herbst, und ich habe es nicht gemerkt. Dann wache ich auf und schäme mich, dass ich so unterentwickelte Träume habe. Noch nicht einmal in der Nacht reicht es zu etwas Außerordentlichem. Meine Tochter wurde vor drei Jahren überfahren.

ER 1. Eva Brauns Hunde Foxi und Stasi haben sich nicht mit Hitlers Blondi vertragen. By the way.

SIE 1. Früher hatte ich einen Freund. Er hatte eine illegale Bar, lange Haare und schrieb Gedichte. Wir hörten Bauhaus, und ich wurde schwanger, und er verließ mich, und dann lernte ich nur noch Männer kennen, die verheiratet waren, dann noch einen, der nicht wollte, dann gar keinen mehr. Über Nacht bin ich alt geworden und mein Fleisch zu weich. Ich denke manchmal, irgendwo da draußen wartet ein Mann auf mich, der alles ändern wird.

ER 1. Ich werde vermutlich bald entlassen. Ich bin keiner, den man behält. Ich bin weder ein besonders eifriger Arbeiter noch eine originelle Person. Ich überlege, wie es wäre, ein Arbeitsloser zu sein. Es ist, was mir noch bleibt. Ich könnte vollkommen verwahrlosen. Das wäre konsequenter als das langsame Entgleiten meiner Konturen. Natürlich dusche ich, ich rasiere mich, aber meine ganze Erscheinung ist abstoßend, in der Art alternder Männer. Sie sehen aus, als röchen sie nicht gut, als trügen sie ihre Unterwäsche etwas zu lang … Meist ist das auch so.

SIE 1. Neulich habe ich den Vater meines toten Kindes gesehen. Er arbeitet in einer Kneipe und hat kaum noch Haare. Und ich bin in die Kneipe und habe ihn gefragt, ob er mich noch kennt. Er kannte mich noch. Und dann haben wir uns verabredet, und ich bin seltsam aufgeregt eingeschlafen in jener Nacht.

BLONDI. Ich habe dich nie geliebt.

STASI. Mir warst du schon immer zu fett.

SIE 1. Wie das Licht heute ist. Noch nie so ein Licht gesehen.

Das neue Leben fängt jetzt an, heute an, gleich an, und sie steht davor, wie vor einem Geschenk, auf das sie schon immer gewartet hat, das Geschenk noch verpackt, egal was es sein wird, besser wird es sein als alles, was sie kennt. Ihr altes Leben liegt schon in der Ecke. Mit dem Badetuch zusammen, riecht schon, ist schon fremd, das alte Leben, immer hat etwas gefehlt, nie wusste sie, was. Sorgen hatte sie sicher nicht, wer hat die schon, und dass man einsam ist, das merkt man ja erst, wenn man jemandem zum Lieben trifft, dass man existiert und schön ist und nett und alles, ist doch erst wahr, wenn es bei jemanden in den Augen steht. Seit Nächten denkt sie sich, wie es sein wird heute, gleich. Mit ihm, auf den sie immer gewartet hat, ohne auf die Uhr zu sehen, und sie zieht sich an, zieht ein Kleid an, ein schönes Kleid, es duftet, sie duftet, die Luft duftet – das neue Leben wird so schön sein und duften. Es sind noch Stunden, bis sie ihn treffen wird, und er wird das neue Leben dabeihaben, in einem Köfferchen.

ER 1. Der Blick von meinem Arbeitsplatz fällt in einen unattraktiven Hinterhausschacht. Entscheidungsfreudigere Menschen haben die bessere Aussicht. Es gibt sehr viele Möglichkeiten für einen, der nichts kann, denn kaum jemand kann heutzutage noch irgendetwas.

DIE AUSSICHT. Ich bin eine unterentwickelte Aussicht. Aussichten werden nach Leistungen vergeben. Die schlechten für die, die übrig bleiben. Die Aussichten auf Atomkraftwerke, auf Hinterhöfe von griechischen Restaurants und Parkplätze. – Oh, da kommen Blondi und Stasi.

BLONDI UND STASI. Hallo, Aussicht.

SIE 1. Sie legt sich auf ihr Bett und nimmt Abschied vom Alleinsein. Den kleinen Rucksack packen, für das Leben, und es losschicken. Es wird weinen, aber darauf kann sie keine Rücksicht nehmen. Wie wird das sein, mit einem Mann die Oma zu besuchen. Und nicht mehr alleine aufzuwachen, sich jede Stunde Gedanken machen zu müssen, wie man die Stunde nutzt. Und alles alleine zu entscheiden, welche Kraft das braucht. Sie ist zu früh, das Restaurant leer, ihre Hände zittern, und rauchen, und einen Kaffee und noch einen, wie ist sie nervös, aber es wird gut werden, wenn er kommt, er wird sie ruhig machen, mit einem Wort, und sie werden sich nie mehr trennen, so viel ist sicher, und eine Uhr hat sie nicht, aber er muss gleich kommen. Sie lächelt vor sich hin, bis das Lächeln steif in ihrem Gesicht sitzt, wie festgeschraubt. Und nach dem zehnten Kaffee ist alles klar. Warum sie aufsteht, sich bewegt, sie wüsste es nicht zu sagen, geht aus dem Restaurant, die Nacht da draußen, riecht wie immer, eine Amsel, schreit um ihr Leben, das Leben, das neue, das es nicht gibt, nie geben wird, schreit die Amsel, und sie geht die Straße entlang und heim, und das ist schon in Ordnung, doch wie sie morgen aufstehen soll, sie weiß es nicht.

ER 1. Ich habe keinerlei Talente, keine Leidenschaften, ich bin ein schlecht temperierter Mensch von einer großen Unentschlossenheit. Immer noch ist mir nicht klar, was ich mit einem Auto soll oder einem Haus, wenn mir doch ein Sofa und eine Musikanlage reichen.

SIE 1. Ich habe kein Talent, keinen Ehrgeiz und verbringe mein Leben mit Magenschmerzen und dem ständigen Gefühl, gescheitert zu sein, habe Angst und Wut und Hass und sehne mich nach Halt, nach einem, der sagt, dass alles gut werden wird.

ER 1. Ich bestelle Gärten, fahre Lieferwagen, ich arbeite auf Friedhöfen und als Nachtportier. Momentan gebe ich also Buchungen in einen Computer ein. Ich glaube nicht, dass ich mit einer qualifizierteren Tätigkeit glücklicher wäre.

SIE 1. Ich sehe Talkshows und lese Bild und sitze zu Hause und sammle Müll und werde fett und denke immer noch, ich unterschiede mich von all den Fetten um mich, die Bild lesen und Talkshows schauen.

9. Szene

KRANKER MANN. Ich kann mir nicht vorstellen, dass man nach seinem Tod spürt, dass einen niemand vermisst. Ich meine, ich kenne ja auch niemanden.

ARZT. Das sollten wir aber schnellstens ändern, solange sie noch unter uns sind. Also: Visite – alle antreten zum Kennenlernen.

SIE 1. Ich bekomme Arbeitslosenhilfe. Die wird auf mein Konto überwiesen, sodass es nicht einmal notwendig ist, das Haus zu verlassen, um das Geld abzuholen. Ich habe Angst, auf die Straße zu gehen, weil alle mir ansehen würden, dass ich keine Funktion habe. Nicht einmal mehr funktionierende Geschlechtsorgane.

ER 1. Ich schalte den Computer aus und darf die Firma verlassen.

SIE 1. Morgen ist Wochenende, und die übliche Einsamkeit wird verstärkt durch die Abwesenheit von Geräuschen. Manchmal glaube ich, ich wäre glücklich, wenn ich einen Mann hätte. Doch dann denke ich an die Männer. Die wenigen Monate voller Hormone, an die Einsamkeit danach. Nichts ist für mich.

ER 1. Ich stehe vor der Tür und weiß nichts mit mir und dem, was vor der Tür ist, anzufangen. Einen Moment, bevor ich mich in Bewegung setze, bin ich von einer sehr großen Sinnlosigkeit erfüllt. Noch vierzig Jahre, sich beschäftigen müssen, bis man ins Bett kann, bewege mich dann, die Alternative wäre umzufallen.

NACHBARIN. An einem Nachmittag kam ich am Krankenhaus vorbei, vor dem saß ein Mann in seinem Rollstuhl. Wir kamen dann ins Gespräch. Ich mit dem Mann, der in meinem Alter war und einen künstlichen Darmausgang hatte und Prostata. Wir redeten, bis er in sein Zimmer zurückmusste. Ich ging von da an jeden Tag aus dem Haus, mit einem Ziel.

ER 1. Der Weg nach Hause ist unangenehm, um mich herum andere wie ich, kommen nach einem unzufrieden verbrachten Tag in einen erbärmlichen Feierabend. Sind sie jung, gehen sie in Bars und Clubs und Lounges und suchen Liebe, finden, wenn überhaupt, jemanden, mit dem sie schlafen, jemanden, der ihr Leben nicht retten wird.

KREBS. Gerettet wird nicht.

ARZT. Nun, sagen wir so: Ich und meine Kollegen sind dran.

KREBS. Da lach ich. Ich arbeite immerhin als Brust-, Lungen-, Prostata-, Knochen-, Blut-, Hirn- und Leberkrebs. Ich und meine Familie arbeiten aber auch als: Speicheldrüsen-, Lymphdrüsen-, Gebärmutter-, Zungenbodenkarzinom. Hab ich was vergessen?

ARZT. Zirbeldrüsenkrebs. Den haben Sie vergessen.

KREBS. Merci vielmals. Ich mach dann mal weiter.

KNEIPIER. Im Supermarkt, an der Kasse, fiel mir eine Kassiererin auf, die wohl schon immer da arbeitete, die ich noch nie gesehen hatte. Angelächelt habe ich sie und angesprochen und mit ihr gegessen, und eine Hoffnung verband ich nicht mit ihr.

NACHBARIN. Wir sind zusammengezogen. Es war schön, jemanden zu haben, der neben mir schlief. Dass er krank war, gefiel mir, ich konnte ihn pflegen. Wir redeten über Politik und Ausländer. Ich sah ihn an, wie er lag, in der Nacht, und sein Atem nach Krankheit roch und ahnte, ich würde es nicht halten können, das kleine Gefühl der Zufriedenheit.

ER 1. Ich habe eine tiefgekühlte Geschichte aus Plastik gekauft, die durch Erhitzen das Aussehen von Nahrung erhält. Esse das auf. Ich sitze in meiner Küche und schaue anderen beim Leben zu. Die wissen auch nicht, wie es geht.

KRANKER MANN. Sie redete irgendwann nur noch von einem Scheißteppich. War wie besessen davon. Da begann ich sie zu schlagen. Sie machte mich so wütend.

KASSIERERIN. Er arbeitete in einer Kneipe. Er hielt sich sauber und war kein schlechter Mann. Wir haben zusammen Fernsehen geschaut, gegessen. Nein, Gemeinsamkeiten hatten wir nicht. Ich glaube nicht an Gemeinsamkeiten. Ich glaube, dass Einsamkeit verbindet und dass man sich aneinander gewöhnt. Ausländer wohnten schon immer in meinem Viertel, aber gestört haben sie mich erst, nachdem sie meinen neuen Mann zusammengeschlagen hatten.

JUGO. Ich fahre mit meinem Wagen. Wir gleiten durch die Nacht. Es scheint, als sängen wir ein Lied zusammen. Ab und an steige ich aus, ich höre die Nachtigallen, sehe die dünne Sichel des Mondes, denke an daheim, und dann schlag ich jemanden zusammen. Was soll sein.

ER 1. Und Nacht, und ich gehe zwischen Gruppen Unternehmungslustiger, die über die Straßen frösteln, sehe sie gierig um sich blicken, suchend, sehe sie nach einem vertanen Abend unglücklich oder betrunken oder beides in ihren Betten liegen.

KNEIPIER.

Sieben am Morgen.
Kaffee, Nieselregen.
Gelbe Kreise um Laternen. So kalt die Haut und raus,
schnell, lauf schnell, nach links geschaut, nach rechts.
So kalt am Morgen,
gelb am Morgen,

In ein Büro, Linoleum, die Schritte quietschen, kleine Schreie.
Ordnen, ablegen, sortieren, wegwerfen,
brauchen tut das keiner,
die Stunden um und weg, und solche Angst vor morgen,
übermorgen,

Zu Hause am Küchentisch, Neonlicht,
klingt wie Uhrenticken, ein paar Stunden noch leben, was bitte wie,
Katzen im Hof, ausgestopft,
Baum im Hof, ausgestopft, die Dunkelheit wie Öl auf der Stadt, das Bett
so kalt, die Uhr so laut,

Ein freier Tag, ein leerer Tag, die Straßen, die Häuser tot, das Leben
klein, das Licht zu hell, die Angst so groß, allein, allein in der Stadt an
einem Tag wie feuchte Watte,
in der Bahn, in der Straße immer unter Fremden und
ein Schritt nach vorne.

10. Szene

ARZT. Jetzt hätte ich richtig Lust auf ein wenig Poesie in diesem tristen Dasein. Aufstellung zum Literarischen Quartett. *(Figuren aus Teil 2 spielen Literarisches Quartett.)*

DJ. Ich lese in diesem Werk eine gehörige Portion selbstreflexiven, zivilisationsmüden, wehleidigen Quark heraus.

STYLISTIN. Da verweben sich die mit Namen des Namenlosen betitelten Sentenzen, diese Worte sind wie gegen Grenzen geworfene Steine.

NACHBARIN. Um mit Voltaire zu sprechen: Das Leben ist anstrengend. Im Vergleich mit was? Das Leid sehe ich hier zur Geste verkommen, die um Zustimmung heischt.

STYLISTIN. Mitnichten. Ich lese aus dem Werk Zeitgeist, Gegenwart. So ist es – der entsetzlich blank geputzte Spiegel einer Generation, die noch nicht einmal einen Namen hat.

DJ. Ich nenne sie: Müll.

NACHBARIN. Redundant!

ARZT. Vielen Dank. Lichter aus. In der ganzen Stadt.

11. Szene

ER 1. Ich lege mich zu Bett und bin so müde, wie unnütz verbrachte Leben einen machen. Liege im Bett und habe Angst vor dem Wochenende. Und stelle mir vor, wie ich es nutzen könnte. Eine Kurzreise, eine Massage, ein Besuch im Swingerclub, im Bordell, und weiß doch, dass ich nichts tun werde, außer im Bett zu liegen, in der Wohnung umherzustreichen und immer wieder in den Kühlschrank zu schauen.

DAS BETT. Ich habe ihn getragen. Seit zwanzig Jahren. Seinen unruhigen Schlaf beobachtet, sein Sich-Wälzen, seine Angst aufgenommen. Das Leben unterscheidet sich vom Tod durch wenige Stunden der Mühe, die die Menschen tagsüber zubringen müssen, damit sie wieder ins Bett können. So seh ich das.

FOXI ZU STASI. Hast du Blondi gesehen?

ER 1. Ich liege in meinem Bett und schaue das Licht an der Wand an. Gegenüber meiner Wohnung gibt es eine Garage, von Neonlicht erhellt, deren Einfahrt. Ab und zu fliegen Nachtvögel durch das Neonlicht, laufen Betrunkene durch das Licht, und ihre Schatten sehe ich an meiner Wand. Schatten von fremden Betrunkenen an meiner Wand in der Nacht, das ist das Höchstmaß an menschlichem Kontakt, das ich mir vorstellen kann.

KRANKER MANN.

Ich gehe jeden Abend saufen.
Was soll ich mir auch sonst denn kaufen.
Ich stehe an der Theke rum,
und ab und zu, da red ich dumm.
Dann schleich ich heim, ganz weich im Kopf,
auf meinem Herd, da steht ein Topf,
da werf ich meine Sorgen rein,
ich bin doch nur ein armes Schwein.
Hab keinen Menschen auf der Welt,
niemand, der die Hand mir hält,
ich lieg im Bett und warte stumm
und hoffe, bald ist's Leben rum.

KASSIERERIN. Er verließ mich nach drei Monaten. Warum, habe ich nie erfahren.

ER 1. Wo bist du am Samstag, wenn die Welt um dich mit sich beschäftigt ist, die Geräte schlafen, keiner dich treibt, dich braucht und du allein bist mit dir, etwas Unbekanntem. So läufst du herum, sprichst mit dem Stuhl, alle schweigen, keiner mag dich, und denkst an damals, als du zum ersten Mal erkanntest, dass du keine Seele hast. Du merktest, dass du mit dir alleine nicht vorhanden bist. Du fragtest dich, ob du vielleicht tot seiest oder nie geworden, dir abhanden gekommen, und nicht einmal dir selbst wäre es aufgefallen. Unter der Woche musst du dich nichts fragen. Dein Leben besteht aus Gewohnheiten, und die könnten ohne dich nicht existieren. Der immer gleiche Weg ins Büro, der Lunch im immer selben Restaurant. Du bist es, der die Gewohnheit am Leben hält, also lebst du. Hast du geglaubt. Doch am Sonntag ist es wieder da. Bist du wieder weg. Tigerst hin und her, und kein Gedanke mag kommen. Dann kommt ein Impuls. Du folgst ihm in den Zoo. Dort warst du als Kind, da hattest du Eltern. Ein zwingendes Indiz deiner Existenz. Aus Eltern kommt Leben raus.

KOLLEGE. Ich hatte die Prostituierte eines Tages angesprochen. Sie ließ sich auf einen Kaffee einladen. Sie aß leidenschaftlich gern. Langsam gewöhnten wir uns aneinander.

ER 1. Im Zoo bewegst du dich wie ein hüpfender leerer Sack. Menschen sehen durch dich durch. Ein paar Kinderwagen fahren über deine Füße. Du schaust die Bären an, sie wenden sich ab – kein Tier möchte mit dir reden, geschweige denn Ball spielen. Keines. Das ist Einsamkeit, und dein Mitleid mit dir wäre groß, wenn es dich gäbe. In einer dunklen Halle, die nach Mensch riecht, siehst du ihn. Er hat eine lange Nase, wie ein großer Penis hängt sie ihm im Gesicht, hat ein langes Fell, und seine Augen treffen deine. Du erschauerst – es ist ein Stöpselhund. Vielleicht heißt das Tier auch anders, doch ehe du überlegen kannst, sagt es:

STÖPSELHUND. Nee, ist schon okay, nenn mich ruhig Stöpselhund.

ER 1. Du schaust das Tier an, und es schämt sich, weil es so albern aussieht.

NACHBARIN. Er verließ mich nach vier Monaten. Er hatte sich in eine Krankenschwester verliebt.

ER 1. Bist du einsam, fragst du. Der Stöpselhund denkt lange nach. Dann sagt er:

STÖPSELHUND. Ich weiß doch, dass es ein paar Millionen Stöpselhunde gibt auf der Welt, die alle so doof aussehen wie ich. Wie kann ich dann einsam sein.

ER 1. Du verabschiedest dich von dem Tier, es reicht dir verlegen lächelnd die Tatze. Und du gehst weg von ihm, und du siehst die trüben Fenster in den trüben Häusern deiner Straße, und auf einmal weißt du, dass hinter jedem einer sitzt wie du. Dass sie sitzen, auf der ganzen Welt, sechzig Milliarden, und von Wundern träumen, von etwas Großem in einem kleinen Leben. Und du merkst, dass es egal ist, ob es dich gibt oder nicht, weil alle sind wie du, und so beginnst du ein kleines Lied zu singen, gehst nach Hause, in dein Bett, und als der Schlaf kommt, glaubst du zu spüren, wie die alberne Nase des Stöpselhundes dich streichelt, du lächelst, und das tun nur Menschen, die es gibt, glaube mir.

12. Szene

ARZT. Jetzt kommen sie zur Weltrettung. Da geh ich schnell mal in den OP.

SIE 1. Jener Samstag, an dem ich zu Bett ging, mit einer Unruhe, die ich nicht benennen und wegen der ich nicht schlafen konnte, und an die Wand meines Zimmers sah, die Streifen, die hellen, von Autoscheinwerfern, und dachte, das ist der einzige Besuch, den ich jemals empfangen habe, und nicht schlief, als der Morgen kam, und aus dem Haus ging, sehr früh, und laufen musste. Laufen und nicht wusste, wohin, und nicht wusste, warum, in ein Lokal.

PROSTITUIERTE. Ich hatte kurz geglaubt, ich hätte einen Mann gefunden. Ein lieber, etwas dicker Mann, der nicht einmal schlecht roch. Und auch, dass er diverse Salamis in seinem Bett aufbewahrte, fand ich erträglich. Er machte mich mit der Bewegung bekannt.

ER 1. Ich erwache um fünf, meine Füße stehen frierend auf dem Läufer, und erst nach dem Duschen merke ich, dass ich immer noch nicht zur Arbeit kann, weil Sonntag ist. Draußen ist es merkwürdig hell und laut. Ich schaue, ob eine Gasexplosion stattgefunden hat, doch es ist nur der Frühling, der eingetreten ist, ohne durch mich bemerkt zu werden.

PROSTITUIERTE. Ich sei ihm zu benutzt, sagte er, als er mich verließ. Ich ging weiter zu den Versammlungen.

KNEIPIER. Wir treffen uns jeden Sonntag im Hinterzimmer meiner Kneipe, um an unserem Parteiprogramm zu arbeiten.

NACHBARIN. Seit ich den Führer kenne, habe ich wieder ein Ziel. Vielleicht geht es uns wirklich besser, wenn die Grenzen dicht sind, die Asylanten wieder in ihren Ländern sind.

KASSIERERIN. Meine Kollegin wurde von einem Neger vergewaltigt. Das war der Punkt, wo ich dachte: Es langt.

KOLLEGE. Ich will einfach noch etwas tun gegen den Hass in mir.

KRANKER MANN. Das kann man nicht zulassen, dass alles verkommt. Wir haben auch eine Verpflichtung unseren Kindern gegenüber, die kein Deutsch mehr können.

PROSTITUIERTE. Ausländer bedien ich nicht.

NACHBARIN. Den Läufer, auf dem die Fahne steht, auf dem Pult, den kenne ich.

ER 1. Ihr habt Angst. Angst. Angst. Angst. Angst. Solche Angst. Morgens mittags abends nachts, Angst, weil ihr nichts könnt und ersetzbar seid, weil ihr ersetzt werdet und überflüssig seid, und Angst vor Krankheiten und um eure Kinder, die auf der Straße überfahren werden von Fremden, Angst vor Reden, und in der Nacht, dass ihr aufwacht und tot seid, und beim Sex, weil ihr keinen Sex habt, und Angst, weil ihr nicht gebraucht werdet, und das zu Recht, und Angst vor dem Tod, solche Angst …

13. Szene

SIE 1. Ich hatte ihn im Zoo getroffen. Es hatte geregnet, und er sah einen leeren Käfig an. Ich stellte mich neben ihn. Lange stand ich, ehe ich ihn ansprach. Warum ich den Mut hatte, ich weiß es nicht, weiß nicht mehr, was ich sagte, was er antwortete, und wir liefen im Regen durch den Zoo, und mir war warm. Er war mir vertraut, und es gab keine Gemeinsamkeiten zwischen uns, nichts Verbindendes außer der Verzweiflung einsamer, alternder Menschen, die nicht mehr an Wunder glaubten. Ich wusste an jenem Tag im Zoo, dass die Liebe das Einzige sein könnte, was zur Rettung taugte. Nicht die Art Liebe, die wir aus Filmen kennen. Die Liebe Untergehender auf einem Floß, zum Leben, zum letzten Mal den Himmel schauen, das könnte uns retten.

ER 1. Neben mir lag eine Frau. Lag in meinem Arm, hatte ihren Kopf nah an meinem Hals. Ich hatte sie getroffen, Stunden her. Sie schien mir sehr ähnlich. Eine unattraktive Frau um die vierzig, die gescheitert war auf niedrigstem Niveau. Die nichts wollte, außer auf einem Sofa liegen und Musik hören und in den Himmel sehen von Zeit zu Zeit. Nach einigen Stunden gingen wir Hand in Hand zu mir, und wir gingen ins Bett, und wir streichelten uns und so weiter.

SIE 1. Ich lag neben ihm im Bett, wir hielten uns und weinten, weil das ein Reflex ist, wenn man so lange nicht mehr berührt wurde, man merkt all die verlorenen Jahre auf der Suche nach nicht Vorhandenem. Es geht nur um Berührungen, um jemanden haben, um die Angst zu teilen, damit sie weniger wird.

ER 1. Mal schlief sie, mal ich, in den Pausen berührten wir uns und wussten, dass wir nicht mehr allein sein würden. Es war nie mein Ziel, ich habe nie daran geglaubt, dass es das Wichtigste sein könnte, jemanden zu finden, den man halten mag. Nun war er mir geschenkt worden, mein Mensch, der war wie ich, der nichts wollte, der morgens traurig auf den Abend wartete. Ab und an stand ich auf und machte uns kleine belegte Brote – wir redeten, aber nicht in jener hysterischen Weise, in der es vermutlich Liebespaare tun. Wir waren kein Liebespaar. Wir waren Überlebende, die sich gefunden hatten.

SIE 1. Nein, ich war nicht verliebt. Ich war zufrieden.

ER 1. Am nächsten Tag wollte ich zu ihr ziehen. Vielleicht ist es gut, dachte ich, nicht zu viele Möglichkeiten zu haben, vielleicht passieren Wunder wirklich denen, die aufgegeben haben. Wir schliefen ein, eng aneinandergepresst, und ahnten, dass wir die letzten Jahre zusammen verbringen würden.

JUGO. Mein Auto ruft. Es will noch etwas fahren.

ER 1. Sie schlief noch, als ich ging, ich strich ihr übers Haar. Ich sah die Straße nicht, die Häuser nicht, ich dachte, wenn ich gearbeitet habe, verfluchte Namen in einen blöden Computer eingegeben habe, dann geh ich nach Hause, und dann wartet ein neues Leben auf mich. Eines, in dem ich endlich weiß, worum es geht.

JUGO-AUTO. Ja, 250. Oh jaa, geil, ich bin Gas. Scheißampeln …

ER 1. Dann überquerte ich die Straße …

JUGO-AUTO. Grüüüüüünnnn.

SIE 1. Seine Augen bewegten sich schnell hinter geschlossenen Lidern, seine Hand, wäre da noch eine gewesen, hätte sich in meine gekrallt. Da liefen die letzten Tage und Stunden vor einem Rest seines Gehirnes, hätte er noch eines gehabt, ab, sagte der Arzt. Das sei so, vor dem Tod, sagte der Arzt. An welches Leben erinnert er sich, fragte ich mich. An das, was er hatte, oder was er gern gehabt hätte, fragte ich mich. Das ist egal. Sagte ich mir.

Schau, da geht die Sonne unter 2
Spaß ab 40

1. Szene

SIE 2. Seine Augen bewegten sich schnell hinter geschlossenen Lidern, seine Hand, wäre da noch eine gewesen, hätte sich in meine gekrallt. Da liefen die letzten Tage und Stunden vor einem Rest seines Gehirnes, hätte er noch eines gehabt, ab, sagte der Arzt. Das sei so, vor dem Tod, sagte der Arzt.

DER ARZT. Ein sehr hartnäckiger Fall. Die Erinnerungen waren wohl nicht mondän genug. Also versucht er es noch einmal. Nun, wir leben ja in einer Demokratie. Da kann sich jeder ein gepflegtes Gedenk-Design gönnen. Ich muss mich aber, so sehr es mich wirklich interessiert, ein wenig raushalten. Hab eine ziemlich schwierige Hirnanhangslappen-OP.

2. Szene

ER 2. Ich erwache um sieben Uhr dreißig. Ohne Wecker. Erfolgstypen haben eine innere Uhr. Und zwar eine Rolex. Mein Blick fällt in den unerbittlich designten Raum. Grün-Braun-Töne, spärliche Möblierung, ein Hauch Siebziger, Wurzelholz – eine Atmosphäre distinguierter Behaglichkeit. Es bedarf einiger Anstrengung, Richtungen zu weisen, statt ihnen zu folgen. Für die ersten Gedanken eines Tages nicht schlecht, meine Gedanken.

SIE 2. Ich erwache früh, und es gibt nicht den geringsten Grund dafür. Niemand da, der von mir abhängig wäre und gefüttert werden müsste. Ich werde sofort wieder müde. In den Wohnungen über und unter mir werden Stereoanlagen angeschaltet. Kylie Minogue, Robbie Williams, Alessi-Kessel und Segafredo-Espressomaschinen singen das Lied einer gut designten Zeit.

ER 2. Der Fußboden aus dunkel poliertem Zedernholz. Per Fernbedienung schalte ich die Stereoanlage ein. Der seidene Pyjama ist ein wenig verrutscht über Nacht, ich kleiner Wildfang. Meine Füße erleben ihren ersten Orgasmus morgens, wenn sie auf den teuren Boden gestellt werden.

NACHBARIN. Ich erwache davon, dass der Mann im Loft neben mir laut stöhnt, jeden Morgen.

ER 2. Manchmal liegt eine Frau neben mir. Eine Journalistin, Visagistin, Redakteurin, Event-Managerin, Web-Designerin, immer blond, immer praktisch vidal sassoont. Die Kleidung über dem Stuhl: Dreiviertelmantel, hell, Prada oder Miu Miu, Tod's und so weiter, und immer redet sie davon, dass sie am liebsten in Italien frühstückt, im Stehen, und so heiter die Leute – und ich schaue sie an, die Frau, und sage dann: Ich muss jetzt los. Und: Was hast du nur mit mir angestellt. Ich werde dich alle fünf Minuten anrufen müssen.

NACHBARIN. Den Kaffee trinke ich im Bett und wünsche mir, ich stände in einem Café in Rapallo, würde aufs Meer sehen und hätte diese Leichtigkeit, diese, sagen wir, italienische Lebensart. Dann gehe ich ins Bad und habe einen gewissen Schwung und nehme mir Dinge vor: Ich werde Kunden akquirieren, meine Website gestalten, vielleicht ein paar Anrufe nach Amerika, um was anzuleiern – und dann sehe ich mich im Spiegel.

ER 2. Obacht, es klingelt. Die Kamera verrät mir: Es ist die Nachbarin. Ab und an lasse ich sie rein. So als Tierstudie. Dann sitzt sie bei mir herum und schaut mich mit einem dermaßen hungrigen Ausdruck an, dass ich fast geneigt bin, sie zu erschießen, um ihr Frieden zu schenken. Frauen fallen einem Mann oft recht lästig. Gerade, wenn sie die letzte Runde der Fruchtbarkeit drehen, ihr Leben überdenken und diese grauenhafte Leere in sich spüren. Die ich nicht ausfüllen möchte.

NACHBARIN. Ich hatte immer das Gefühl, etwas Besonderes zu sein. Ich hatte originelle Ansichten, eine freche Art, mich zu kleiden, also, ich kombinierte Markenkleidung mit Flohmarktteilen, meine Frisuren waren witzig, mein Beruf ungewöhnlich. Ich wusste, dass mir ein wunderbares Leben zustand.

ER 2. Schade, dass ich keine Familie habe. Eine Frau, die zu mir hält, und ein Kind oder so etwas. Mir ist einfach nie eine Form eingefallen, wie man mit seiner Familie leben kann, ohne dass es scheiße aussieht. Kinder sind irgendwie immer spießig, selbst wenn du den Kindersitz in den Porsche schnallst. Ich lege eine Moby-CD ein.

NACHBARIN. Wenn meine Arme auflagen, auf dem Bett zum Beispiel, während ich das tibetanische Totenbuch gelesen habe, zum Beispiel, und sich das Fleisch verschob, sah es aus wie das Fleisch einer Achtzigjährigen. Die Beine wie bewegtes Wasser, der untere Teil des Gesichts begann zu hängen, die Brüste auch, der Hintern, alles hing und schlug Falten und Dellen, und nachts schwitzte ich und hatte Angst, und verfluchte Scheiße, sie hatten uns doch ewige Jugend versprochen, wenn wir die richtigen Dinge kauften …

ER 2. Nachdem ich kein Frühstück und ein paar Tabletten zu mir genommen habe, gehe ich in mein Ankleidezimmer und stelle mir die Kleidung für den Tag zusammen. Dreihundert Anzüge, englische maßgeschneiderte und Paul Smith. Eine Seele hat kein Pathologe je gefunden.

Ich glaube, es ist wie mit Buddhas Lächeln – zieht man die Mundwinkel lang genug nach oben, erhellt es dein Inneres. Nichts anderes ist die Suche nach perfekten Oberflächen, die, wenn sie in allen Bereichen stimmig sind, ein perfektes Inneres herstellen.

NACHBARIN. Merkwürdig.

ER 2. Wem gehört eigentlich dieser beschissene Teppich?

NACHBARIN. Irgendwann war der Teppich, der immer vor meiner Tür gelegen hatte, verschwunden, wie der Mann, der ihn mir geschenkt hatte.

ER 2. Vielleicht muss ich in ein, zwei Jahren einen Hauch Fett absaugen oder Haare transplantieren lassen, aber im Moment wäre alles definitiv zu viel, würde lächerlich wirken. Wie Udo Jürgens. Ich wüsste nicht, wie ich mit dem reden sollte, träfe ich ihn. Was spricht man mit einem Mann, der auf Glasklavieren spielt?

UDO JÜRGENS. Also, ich sag da mal ohne Umschweife: Am liebsten rede ich über Ficken.

NACHBARIN. Der letzte Mann in meinem Leben stand mit mir auf der Terrasse eines äthiopischen Erlebnisrestaurants – um uns herum künstliche Heuschrecken und so weiter – und sagte: Schau, da geht die Sonne unter, und ich sagte: Du hast so Recht. Er schenkte mir diesen Teppich, und dann war er weg.

ER 2. Bevor ich meine Wohnung verlasse, pflege ich sie noch einmal auf meinen Kaschmirsocken zu durchtigern. In meinem Bücherregal – nur zeitgenössische Autoren. An meinen Wänden – Bilder junger Maler. Keiner über dreißig. Na ja, der Currin vielleicht, der sieht aber jünger aus. In meinem CD-Schrank – hauptsächlich die Buddha Bar Compilations, Moby, Daft Punk, Asian Dub Foundation und World Music. Meine DVD-Sammlung enthält von Tarantino bis Kubrick alle Filme, die man gesehen haben muss. Kunst und Medien und Mode und Lifestyle, das sind Oberflächenbausteine, die die Zeit reflektieren, mehr nicht.

NACHBARIN. In den letzten Jahren führte ich noch einige Dates mit zweifelhaftem Erfolg durch. Ich hatte alles richtig gemacht: Das Date im Vorfeld gegoogelt, mich so gekleidet, dass ich mich wohl fühlte, aber auch weiblich, mich im Anschluss nicht gemeldet. Die Männer haben sich aber leider auch nicht gemeldet, im Anschluss. Na ja, aber ich glaub irgendwie schon noch, dass der Richtige irgendwo da draußen auf mich wartet. Ich hab erst letzte Nacht geträumt, dass ich mit einem Mann in seine Wohnung ging. Ein Loft. Und im Flur ein Schuhregal voller Budapester. Das kann nur ein Zeichen sein.

3. Szene

SIE 2. Jeden Morgen sehe ich den Mann gegenüber in seinem Penthouse. Er ist in meinem Alter und verliert langsam die Konturen. Er sieht aus wie nichts, wie alle Männer in den richtigen Berufen heute aussehen. Ich sehe dem Mann zu, wie er seine Pillen nimmt und am Fenster lehnt. Mir schlafen die Füße ein.

NACHBARIN. Früher habe ich bei einer People-Zeitschrift gearbeitet. Die dann ihr Konzept auf neue Leserstrukturen hin veränderte. Die neuen Leser waren siebzehnjährig, und ich musste mich selbstständig machen, wegen der Umstrukturierung. Mein Projekt nannte ich: Sexy Brainstorm. Beratung und Ideen. Jetzt mache ich ab und an Flyer für Supermärkte und Promotion für Autohändler. Es dauert recht lange, bis man begreift, dass der Höhepunkt vorüber ist. Und dass er in meinem Fall etwas war wie: bei einer People-Zeitschrift zu arbeiten.

ER 2. Jeden Morgen verabschiede ich mich von meinen Geräten: Der neuste iMac, Flatscreen, das Apple Notebook, das Palm, ein Satelliten-Handy mit USBN, ein Schnittplatz, ein DVD-Player und ein Heimkino, die Stereoanlage mit Tonhallen-Qualität, geiles Setting. Tschüss, meine Geräte.

GERÄTE. Tschüssi.

NACHBARIN. Ich habe starke Sehnsucht nach einem Halt.

SIE 2. Alle ahnen, dass sie nichts wissen und können, aber sie ist zu leise, die Ahnung, wie ein Hintergrundgeräusch, das nervös macht, das wir nicht entschlüsseln wollen, weil seine Einzelteile so verdammt egal sind.

4. Szene

STYLISTIN. Den großen Durchbruch hatte ich nie. Aber ich war Model und konnte sagen: Ich bin Model. Heute bin ich Stylistin. Beruflich ist alles in Ordnung. Ich glaub, da geht noch richtig was. Zum Beispiel mal mit Teller arbeiten, und dann heiraten wir und reisen zusammen um die Welt von einem Shooting zum nächsten. Ja, so wird das wohl werden.

ER 2. In meinem Haus wohnen keine Familien. Wenn es einen meiner Freunde vermehrungsmäßig erwischt, dann haben sie so viel Anstand, sich in Designerhäuser aufs Land zurückzuziehen. Ich schlendere zum gläsernen Außenfahrstuhl, der mich immer ans Maritim Hotel erinnert, das mir meine Eltern früher ehrfürchtig gezeigt haben. Da wohnen die, die es geschafft haben, flüsterten sie. Und ihre Hände waren grob. Ich hatte damals so eine Wut. So peinlich war das, solche Spießer als Eltern zu haben, und niemals würde ich in so einem Prollschuppen wie dem Maritim wohnen.

STYLISTIN. Gefühle wurden bei uns zu Hause nicht gezeigt. Alle, die ich kenne, kommen aus Kleinbürgerfamilien, und alle haben sich selber entworfen, es zu etwas gebracht. Ich kenne keinen, der die Chefredakteurin der französischen Vogue nicht bewundert, die Schnitte von Hedi Slimane und Frauen wie Madonna, die uns gezeigt haben, dass vierzig noch kein Alter ist. Ich verdiene gut, ich kann ausschlafen. Aber es interessiert niemanden. Wie ich ausschlafe und wann ich wohin gehe.

SIE 2. Ich schaue Zeitschriften durch, trinke Tee, höre Fernsehen und Musik, checke meine Mails und meine Mobilbox, meist hat niemand eine Nachricht hinterlassen. Eigentlich hat nie jemand etwas für mich hinterlassen, seit einem Jahr.

ER 2. Morgens riecht es nach Boss, nach Guerlain, nach Prada, Gucci, nach echtem italienischem Espresso und Shiseido-Start-up-Badezusatz. Die Menschen wachen vermutlich in jeder sozialen Schicht in einem unansehnlichen Zustand auf. Die Differenzierung erfolgt später, besteht aus dem, was sie auf sich geben, anziehen und womit sie sich wohin bewegen. In meinem Viertel wohnt die Elite: Journalisten, Schriftsteller, Fernsehleute. Wir haben einen Konsens. Ich verachte, wenn man keinen Konsens hat.

SIE 2. Ich schäme mich, wenn Menschen zu laut lachen, meinen Kaugummi spucke ich immer in den Papierkorb, wenn ich geniest habe, schaue ich mir das danach an und schäme mich dafür, ich zahle meine Steuer pünktlich, hasse es, über Geld zu reden, habe nicht gerne zu fremdländisches Essen und zu fremdländische Manieren und Menschen, ich schäme mich, wenn ich Körpergeruch habe.

ER 2. Ich gleite mit dem Lift in die Tiefgarage, bin geneigt, nochmals zu onanieren, lasse es aber wegen des hellen

Anzugs. Starte meinen Citroën SM. Draußen gehen Freunde von mir heim, nach einer langen Nacht.

BARMANN. Meine Schicht beginnt um 22 Uhr. Ich rede nicht mit den Gästen. Es wirkt teurer, unfreundlich zu sein. Sie sitzen in unbequemen Siebziger-Stühlen, trinken überteuerte Mai Thais, sind zwischen dreißig und vierzig und haben alles schon gesehen, doch nichts hat sie entzündet, und sie suchen nach einem Kick, nach etwas Großem, wollen mehr und mehr, und nichts steht ihnen zu, und sie denken, es sollte doch, weil sie glauben, dass sie etwas Besonderes sind. Well, das bin ich ja auch, irgendwie. Morgens um neun endet meine Schicht, und ich trete auf die Straße und denke: Scheiße, das ist nicht cool, so 'ne Helligkeit.

DJ. Neun Stunden aufgelegt. Das geht nur mit Tabletten. Natürlich bin ich politisch. Okay, ich lese jetzt keine Zeitungen oder so. Aber Politik entsteht im Kopf. Die Love Parade war ja das größte Manifest der letzten hundert Jahre. Ich bin schon lange clean. Meine Droge ist die Musik. Ich wache meist erst am Nachmittag auf, weil ich ein Nachtmensch bin. Mein Geld ist weg, hatte alles in die New Economy investiert. Gott ist cool. Ich hatte nicht bedacht, dass von den Piercings Löcher bleiben.

STYLISTIN. Ab und zu verabrede ich mich mit Frauen, die in meinem Alter und auch allein sind. Ehe wir in einen Club gehen oder eine Bar, essen wir teure Dinge und kotzen die danach wieder aus. Es herrscht irgendwie eine große Beklemmung.

ER 2. Ich war ein mäßiger Schüler, war wohl zu fantasievoll für den Lehrstoff, dann das Praktikum bei BBC in London, dann eine Werbeagentur aufgebaut mit zweiundzwanzig, dann Gagschreiber für eine Comedy-Show – ich wusste nie genau, was ich machen sollte, ich hatte zu viele Talente. Klar war immer, dass es etwas Bedeutendes sein müsste.

SIE 2. Es wird zu deutlich, auf der Straße, dass ich keine Funktion habe. Aber ich kann jederzeit wieder einsteigen. Ich war immer ein Quotengarant. Ohne Funktion bist du verloren. Einfach nur Mensch ist eindeutig zu wenig, um jemandes Interesse zu wecken. Vor dem portugiesischen Bäcker stehen junge Mütter auf dem Weg in ihre Agenturen und Webdesign-Läden und sind alle allein erziehend. Alle haben Angst, etwas zu verpassen. Alle bekommen Krebs.

KREBS. Na, schaun wir mal.

DJ. Mein Body ist das Haus, in dem ich wohne. Ich war recht lange bulimisch. Inzwischen geh ich täglich ins Gym. Ein definierter Körper ist ja so was wie 'ne Visitenkarte. Nicht dass es nicht um innere Werte gehen würde. Aber die sieht ja keiner.

STYLISTIN. Am Pool, Tom Kummer, Ulf Poschardt, Alain de Botton, Sonntags-FAZ, Paul Smith, Commes des Garçons, Amazon, Apple, Nokia, Infrarotschnittstellen, Bleistiftlinie, DHEA, Harald Schmidt, Netzhammer, Naomi Klein, Prada, Handys, das sind die Dinge, über die die Menschen, mit denen ich zu tun habe, reden. Ich weiß nicht, ob es früher wichtigere Themen gab oder ob reden schon immer egal war.

ER 2. Wenn ich mit meinem Auto durch die Stadt fahre, in der die Verlierer noch schlafen, denke ich an zu Hause. Meine Eltern waren Arbeiter, nichts, wofür man sich schämen muss. Wie klein es war zu Hause, das sehe ich auch erst jetzt, Weihnachten. Die Neurodermitis, das ist das Einzige Andenken an früher. Wenn meine Eltern mich im Büro anrufen, lasse ich mich verleugnen. Ich weiß nicht, was ich mit ihnen reden soll. Sie interessieren sich für nichts, was mir wichtig ist. Aber sonst bin ich ihnen sehr dankbar.

BARMANN. Sie haben große Gesten und einen bestimmten Tonfall, die Gäste meiner Bar, so wie Leute, die sich sicher sind, dass man sie sonst nicht wahrnimmt. Sie lachen laut und reden ernsthaft, wenn sie betrunken sind, lockern sich ihre teuren Trikotagen, und sie sehen aus wie Kinder, die Erwachsene spielen und Angst haben, dass sie auffliegen.

ER 2. Das Gebäude, in dem meine Zeitung residiert, wurde von Richard Meyer gebaut und sieht aus wie ein Schiff – das Flaggschiff des deutschen Geisteslebens, und ich bin der Feuilletonchef. Wenn ich die Firma betrete, ist mir, als ob ein leiser Applaus erklänge.

BARMANN. Ich bin froh, dass meine Tattoos langsam verblassen.

ER 2. Mein Büro: Wurzelholz, Grün-Braun-Töne, meine Sekretärin hat studiert. Auf meinem Tisch Bücher und Einladungen und Unterschriftenmappen und das neue Buch von Rushdie. Das geht ja nun gar nicht. Urlaub hatte ich seit fünf Jahren nicht mehr. Ich bin so viel unterwegs, auf Flugzeuge angewiesen, dass ich keine Zeit für Urlaub habe. Ich habe manchmal Angst, dass ich aufwache, und alles war nur ein Traum, und ich bin nicht mehr Feuilletonchef, sondern nichts, zu Hause, in einem Vorort von Düsseldorf.

SIE 2. Im letzten Sommer lag die Stadt wie ausgestorben. Und ich auf meinem Bett, dachte an Regisseure und Popstars und Maler und Models. Die das Leben hatten, das ich gerne gehabt hätte – ich fuhr dann nach Sylt. Lief auf der Promenade herum, saß in der unbedingt zu hellen Sonne an kleinen Strandstreifen, und niemand hat mit mir geredet, auch mein Handy hat nie geklingelt. Seit Monaten bekomme ich nur noch die Nachrichten und Wetter-SMS von D1.

ER 2. In der Redaktion arbeiten fast nur Männer. Schade, denn ich schätze Frauen außerordentlich für ihre soziale Kompetenz. Sie erfassen Zusammenhänge besser, und wo wären wir ohne unsere Mütter, ohne die unspektakulären Frauen, die im Verborgenen ihren Dienst tun. Ach, Frauen – leider schaffen es wenige ins Feuilleton. Ich verstehe, dass ihnen Machtspiele zu anstrengend sind. Frauen sind mehr an einem angenehmen Leben interessiert. Nach wie vor werden die relevanten Bücher und Filme, Theaterstücke, Kritiken und Bauwerke von Männern geschaffen.

KOLLEGE. Ich arbeite seit zehn Jahren im Feuilleton, ich bin über fünfzig, und es ist nur eine Frage der Zeit, bis ich gehen muss. Ich bin zu langsam geworden. Ich lese Rilke. Ich verhalte mich unauffällig. Versuche gut zu finden, was sie um mich herum gut finden. Ich werde weiter zu Premieren gehen und schlechte Stücke sehen mit Videoinstallationen und schlechte Bücher von Verlagen zugeschickt bekommen. Ich werde ins Bordell gehen, ich werde nachts mit Luftgewehren auf kleine Tiere schießen. Alles wie gehabt. Bis ich entlassen werde.

RILKE. Mir wird echt übel, wenn ich sehe, wer mich heute so liest. Mehr sag ich dazu nicht.

SIE 2. In diesem Sommer realisierte ich, dass ich einsam alt würde und dass keiner mich retten würde.

ER 2. Jeden Donnerstag um acht Uhr dreißig kommt eine Prostituierte, die dann unter meinem Schreibtisch kniet und mich oral befriedigt. Ich mag, wenn Frauen vor mir knien, und ich dènke, auch sie genießen das. So ein Stück weit. Diese kleine Viertelstunde, während unten an mir gearbeitet wird, führe ich weiter oben meist Telefonate. Mit Peymann, Schlingensief, mit meinem Freund und Chef, einem der Herausgeber der wichtigsten Zeitung des Landes, ja, des Landes – und dann komme ich auch schon.

PROSTITUIERTE. Knie ich halt. Mir ist das egal. Knien, sitzen, hängen – ich mache ihnen das … Ich verachte Männer nicht. Sie dauern mich. Haben diese furchtbare Wut und schießen Passanten tot oder sprengen Dinge in die Luft und bekommen Krebs. Ich gehe nach Hause, wasche mich, und die Männer müssen immer noch mit sich herumlaufen.

ER 2. Nachdem ich die Prostituierte durch mein Ejakulat befriedigt habe, fühle ich mich hervorragend. Etwas später lässt der Effekt nach, und ich sehne mich nach Liebe. Liebe ist der einzige Grund zu leben. Ich verliebe mich oft, weil ich so ein leidenschaftlicher Mensch bin. Ich kann für kurze Zeit wahnsinnig sein vor Liebe. Aber die Dinge gehen schlecht aus. Ich glaube, ich bin zu intensiv.

PROSTITUIERTE YVETTE. Meine Eltern haben ein ökologisches Gestüt. Ich bin noch jung und spreche fünf Sprachen. Ich wohne in einer Eigentumswohnung und promoviere gerade in Anthropologie. Nebenher mache ich Projekte. Ich schreibe an meinem ersten Buch und mache Musik und Scherenschnitte. Den Mann hatte ich bei einer Buchtaufe kennen gelernt. Wir haben uns nach zwei Wochen verlobt, aber irgendwie wieder auseinandergelebt. Ein paar Wochen später.

BARMANN. Jeden Morgen kann ich eine Frau aufsammeln. Derangierte junge Journalistinnen oder Moderedakteurinnen oder sonst einen Scheißdreck. Manchmal tu ich das. Manchmal treffe ich eine Frau auch mehrmals. Irgendwann wird jede romantisch – und damit wird es für mich Zeit zu gehen. Meine letzte Beziehung liegt zehn Jahre zurück. Ihren Namen habe ich vergessen.

PROSTITUIERTE YVETTE. Er konnte sich übrigens emotional nicht so fallen lassen, und außerdem war er irgendwie alt.

ER 2. Themenkonferenz. Am Tisch meine Redakteure. Jung und dynamisch. Wir trinken Wasser. Vier Liter am Tag sollten es schon sein. Wir fragen uns: Was gibt es Neues von Beigbeder? War Oasis die wichtigste Band der letzten zehn Jahre? Wann ist der Todestag von Tempo? Der vom Jetzt-Magazin? Machen Jung / von Matt eine Fernsehsendung? Brauchen wir eine Casati-Hundekolumne? Ist Teller out? Wer zum Teufel ist Sven Lager, der hier jeden Tag anruft und ein Thema vorschlägt, wollen wir die Memoiren von Tom Kummer abdrucken, und wenn ja, wäre der Titel »Ich war die Hitler-Tagebücher« zu reißerisch?

5. Szene

KOLLEGE. Einige Monate lebte ich mit einer Wut zusammen, die begann im Bauch als kleines, gepflegtes Feuerchen. Das entzündet wurde, beim Ins-Büro-Gehen. Am Müll vorbei, der verwesend auf den Straßen liegt, den Menschen, die davon kaum zu unterscheiden sind, an ihrem Gestank vorbei, wie kann etwas, das dermaßen stinkt, sich schuppt, scheißt und Popel in der Nase hat, wie kann etwas, das eitert, wenn man hineinsticht, das Sperma verspritzt und vorfallende Gebärmütter hat, sich einbilden, unsterblich zu sein?

ER 2. Ich sehe mich im hellen Licht der Toilette, im Licht von oben, im Spiegel. Ein unbestimmtes Gefühl von Auflösung. Natürlich habe ich Hanteln neben meinem Bett liegen. Aber ich benutze sie nicht. Der Körperkult ist doch weitgehend eine Angelegenheit des Proletariats.

KOLLEGE. In der Redaktion – unerhebliche Menschen mit überheblichen Gesichtern, mit Brillen und kurzen Haaren und guten Anzügen. Darunter: nicht gut gewischte Ärsche. Darunter: ein Hirn voller Kleinbürgerressentiments. Darunter: Menschenverachtung und Halbwissen. Sie haben im Bett gelegen, geschwitzt, sich in Milben gewälzt, gespuckt, und vielleicht haben sie sich eingenässt. Irgendwann begann ich zu trinken. Erst wie aus

Versehen, dann immer mehr, und letztlich nahm ich stets eine Flasche Riesling mit zu Bett. Einfach, damit sie da war.

SIE 2. Oft gehe ich auf das Gelände der Fernsehproduktion. Beobachte, wie sie zur Arbeit kommen. Die Mädchen ungepflegter als die Jungs, in zu großen Kampfhosen, und die Haare verfilzt, und Stecker in der Nase sind noch immer nicht out. Bereits am Morgen haben sie diesen verspannten Zug um den Mund, haben Angst vor dem Terror der guten Laune und dem Terror der Dummheit und dem Terror, nicht mehr dazugehören zu dürfen, zu etwas, wozu sie nie wirklich gehören wollten.

KOLLEGE. Inzwischen trinke ich immer. Gepflegt. Ich bin ein Weinkenner geworden, der zu einem guten Tropfen nicht nein sagt. Nie. In meinem Schreibtisch steht immer ein feiner Grauburgunder bereit, den ich, wenn das Büro leer ist, mit großem orgorg in mich schütte. Seit ich den Alkohol getroffen habe, muss ich mich nicht mehr schämen. Wenn ich nackt bin und von oben nach unten schaue, sehe ich weder mein Glied noch meine Füße.

SIE 2. Und dann gehe ich nach Hause, denn ich bin vor einem Jahr entlassen worden, weil ich den Anforderungen des Marktes nicht mehr genüge.

ER 2. Nachmittag, und ich bin nachdenklich. Fast würde ich den Zustand bedrückt nennen. Vermutlich sollte ich einfach ein wenig Koks nehmen. Ich betrachte meine Schuhe, rahmengenäht, London. Ich hatte sie an jenem Tag an, als ich das Kind überfahren habe. Ich bin ausgestiegen. Aber es war tot. Ich denke immer daran, wenn ich die rahmengenähten Schuhe trage.

SIE 2. Die Wohnung, anderthalb Zimmer, Whirlpool, hatte ich mir gekauft, als ich monatlich vierzehntausend verdiente. In dieser Wohnung sitze ich, checke meine Mails und meine Mobilbox, auf der niemand etwas hinterlassen hat, ich sitze und warte, dass es Abend wird, dann geh ich zu Bett und nehme Schlaftabletten und denke an meinen letzten Freund.

ER 2. Die Traurigkeit verfliegt. Ich schaue auf die Skyline der Stadt und denke an New York. Ich schreibe die Rede, die ich übermorgen vor meinen Kameraden halte.

– Ihr habt Angst. Angst. Angst. Angst. Angst. Solche Angst. Morgens mittags abends nachts. Angst, weil ihr nichts könnt und ersetzbar seid, weil ihr ersetzt werdet und überflüssig seid, und Angst vor Krankheiten und um eure Kinder, die auf der Straße überfahren werden von Fremden, Angst vor Reden und in der Nacht, dass ihr aufwacht und tot seid, und beim Sex, weil ihr keinen Sex habt, und Angst, weil ihr nicht gebraucht werdet, und das zu Recht, und Angst vor dem Tod, solche Angst –

Packe den Teppich ein, den ich aufs Pult legen werde, auf den ich die Fahne stelle.

6. Szene

SIE 2. Aus einer schlechten Musikanlage singt Chet Baker, und draußen regnet es nicht. Das Café ist leer. Außer ein paar Zeitungen und dem Mann. Und der Frau. Weißt du, warum es mit uns nichts werden konnte, fragt er. Sie will nicht hören, warum es nichts werden konnte, will ein Wunder, will nicht schon wieder allein sein, auf der Suche, mit all den anderen, die gut alleine leben können, aber abends manchmal weinen, wenn es regnet und ist wie Weihnachten. Und er redet weiter, sich in Sicherheit, um sein Leben redet er. Der Tee vor ihnen ist kalt, keiner will Tee. Die Frau will Liebe, der Mann will Freiheit. Was auch immer er damit meint, es ist etwas mit Pferden und Zigaretten und Blondinen. Wir sind der evolutionäre Sondermüll der Geschichte. Wir sind nichts, eine Pufferzone zwischen gestern und der Zukunft. Es konnte nichts werden mit uns, wir sind die Generation, die nichts ist. Nicht mehr das Alte, das Neue nicht. Die Generation vor dem Internet und die danach, du verstehst. Die Frau versteht nicht, sie sieht auf seine Hände. Die sind schön, die würden sie nie wieder berühren. Von unseren Eltern haben wir nur gelernt, wie Liebe nicht geht. Aus den Medien haben wir gelernt, dass es nur um Sex geht. Aus Büchern haben wir gelernt, dass es mit Mann und Frau nicht gehen kann.

ER 2. Ich habe eine Putzfrau, einen Steuerberater, einen Anwalt, einen Agenten, eine Sekretärin, eine Frau, die meine Versicherungen checkt, ich habe eine tolle Wohnung, ein großartiges Büro, fantastische Freunde und Angst, dass alles über Nacht verschwinden könnte.

SIE 2. Wir dienen der Geschichte nur zur Beruhigung, zum Luftholen vor der neuen Epoche, sagt er, und sein Blick ist klar, direkt und sauber in die Ferne gerichtet. Sie schweigt und stellt sich vor, wie sie heute heimgehen und ein neues Leben beginnen wird. Allein. Und ihr wird ganz müde, so sehr kennt sie das schon, das Alleinsein, wieder losgehen, auf Partys gehen und tausendmal enttäuscht. Du bist nicht schuld, ich bin nicht schuld, wir sind einfach zwanzig Jahre zu früh geboren. Die nach uns werden zweihundert Jahre alt werden, sie bekommen tolle Gene, werden ohne Krankheit sein, ohne Furcht, nicht altern und keinen Unterschied machen zwischen Mann und Frau. Aber für uns ist die Sache gelaufen. Und so redet er, und die Worte scheinen zur Decke zu steigen – kondensieren, und endlich fallen sie als leichter, kleiner Regen in das Café. Die Frau schweigt. Er redet und bedauert sich und denkt an die kleinen Mädchen, die im Internet surfen, und dass er vielleicht zu deren Generation gehören könnte, wenn er eine von ihnen besäße. Endlich, die Stühle im Café scheinen wie auf die Tische gestellt, sagt die Frau, aber was ist so schwer daran, sich einfach zu entscheiden, jemanden lieb zu haben, für ihn zu sorgen und mit ihm einzuschlafen? Und er sagt nichts, und nun werden die Stühle hochgestellt. Sie verlassen das Café. Die Musik klingt leise bis auf die Straße, hüllt sie in eine Blase aus Traurigkeit, und sie geben sich die Hand, wie Fremde, gehen zurück in ihr Leben alleine, als Sondermüll der Geschichte.

7. Szene

ER 2. Freitagnachmittag. Ein paar Hubschrauber fallen vom Himmel in mein Herz. Solche außerordentlichen Dinge fallen mir immer ein.

SIE 2. Ich habe an jenem Tag: Celine Dion gehört, im neuen Beigbeder gelesen, Wäsche gewaschen, ein Slim-Fast-Menü gegessen, dann das wieder ausgekotzt, dann die Beine rasiert, dann das am liebsten wieder angeklebt, das Rasierte, dann Tibeter gemacht, dann Lachs von Aldi gegessen, dann den wieder ausgekotzt, dann Beigbeder gelesen, dann zu Blade Runner onaniert, dann geheult.

ER 2. Ich schlüpfe in meinen Boss-Trench und denke: Ich will das fucking beste Heft in Europa machen, ein Angebot aus Amerika bekommen. Ich denke, wie ich in Amerika in Bars gehe und Prominente treffe, wie ich ins Gym gehe und in einem Loft wohne. Ich habe keinen Termin fürs Wochenende in meinem Palm.

SIE 2. Ich habe Angst vor dem Wochenende. Es ist wie immer, nur in tot.

NACHBARIN. Ich lernte einen DJ im Kunstsupermarkt kennen. In der Ramschkiste lag ein Buch über Popliteratur, wir griffen beide danach, und so kamen wir ins Gespräch. Wir redeten die ganze Nacht, den ganzen Tag, er sang mir Lieder von Sven Väth vor, ich zitierte Alexa Henning von Lange. Er zitierte Rainald Goetz. Er sagte, er hätte noch nie eine Frau getroffen, der Ghost so gut gestanden habe. Wir hatten so viele Gemeinsamkeiten.

SIE 2. Mein Leben wird so bleiben wie jetzt. Nur in hässlicher.

BARMANN. Ich bin einundvierzig. Vor kurzem schienen mir Vierzigjährige wie tot. Ich wohne in einer Fabrikhalle. Manchmal wünsche ich mir eine gut geheizte Altbauwohnung. Mir geht diese Scheiß-Brasilmusik auf den Zeiger. Mir gehen die Handys auf den Sack. Ich hasse die Fressen um mich. Ich frage mich, wie lange ich als Barmann arbeiten kann.

SIE 2. Ich hatte mir sehr viel Nahrungsmittel besorgt für das Wochenende. Wenn man bei Aldi einkauft, langt das Arbeitslosengeld für einiges. Ein Tuch im Haar, Leggings, Fettcreme und drei volle Aldi-Tüten. Ich werde auf jeden Fall alles aufessen, es dann auskotzen, dann weiteressen.

ER 2. Mit den Druckfahnen meines neuesten Buches fahre ich in meine Stamm-Bar. Leise brasilianische Musik läuft. Das Buch behandelt die Werte meiner Generation. Also, die Werte der Dreißig- bis Vierzigjährigen. Ich nenne das Buch Generation 0, weil, Generation X gab es ja schon. Eine Art Lebenshilfe, es geht um die richtigen Anzüge, die richtige Haltung zur Politik, es geht um die richtigen Bücher und Filme und Musik. Wahrscheinlich werde ich einen Soundtrack beilegen. Oasis, Lenny Kravitz, Björk, Jamiroquai und so weiter, Musik, die unsere Generation geprägt hat.

BARMANN. Die Frau hing an der Bar rum, und irgendwann

war sie verzweifelt genug, mir zu sagen, dass sie früher Model war und einen sagenhaften Blick aus ihrer Wohnung auf das Atomkraftwerk hätte. Ihr Arsch war wirklich noch gut. Sie war Stylistin. Solche Berufe haben sie heute halt.

ER 2. Ich schaue mich um, ob jemand Bekanntes da ist, jemand, der mich arbeiten sieht und fragt: Was arbeitest du denn noch? Und ich würde sagen: Ich schreibe an einem Buch, das Generation 0 heißt. Und der dann: Wow.

NACHBARIN. Der Sex mit ihm war phänomenal. Ich dachte noch kurz: Verdammt, wo ist der Haken. Also, ich habe dann geweint, weil ich so eine Ahnung hatte, dass er nicht bleiben würde, und er hat Poppers genommen, und dann haben wir noch mal miteinander geschlafen, und dazu haben wir Sheryl Crowe gehört, und dann Anastacia. Und dann habe ich das Licht angemacht, und er hat mich sehr lange betrachtet.

STYLISTIN. Er arbeitete in einer Bar. Nicht irgendeine, sondern in DER Bar. Am Morgen saß ich immer noch da, an der Bar, und sah ihm beim Gläserspülen zu, und dann sagte er: Gehn wir. Und wir gingen, und ich traute mich nicht, etwas zu sagen, weil ich Angst hatte, er könnte es sich anders überlegen. Also sagte ich nichts und legte zu Hause nur die Westbam-CD ein.

DJ. Ihre Wohnung war in Ordnung, ihr Körper für ihr Alter eigentlich auch, also, ich meine, man merkt den Unterschied in der Konsistenz des Fleisches, auch wenn da kaum welches ist an den Frauen heute. Ich fand es ganz okay, mal mit einer älteren Frau, sonst sind sie selten über achtzehn und ganz ehrlich, die wissen ja noch nicht mal richtig, wie man ihn lutscht. Später faselte sie immer von irgendeinem Scheißteppich. Und machte Licht an, und ich betrachtete sie, und mir wurde echt ein wenig übel.

STYLISTIN. Er schreibt Gedichte.

BARMANN.

Ich stehe immer in der Bar,
und was ich sage, das ist wahr.
Hier spült es all die Toten an,
so einsam ist ein jeder Mann,
die Nacht, die fliegt an dir vorbei,
was morgen kommt, ist Schweinerei.
Sie werden in die Kissen weinen,
sie haben Sehnsucht nach dem Einen,
der Eine, der doch nie erscheint,
drum ist es auch zu Recht geweint.
Sie stehen, trinken und sehen an die Wände
und warten traurig auf ihr Ende.

8. Szene

(Alle spielen Bachmann-Wettbewerb.)

STYLISTIN. Im Duktus dieser strengen Prosa flimmern für mich Versatzstücke des Alltags hindurch. Eines Alltags, der quälend auf dem Ich-Erzähler liegt. Ein Stück scharfer, gesellschaftspoetischer Kritik.

DJ. Für mich ist das einfach nur ein sehr unbeholfenes Huchel-Plagiat. Hier und da gemahnt es an Kafka, an Beckett, alles in allem – ein groß aufgetürmter Haufen Nichts. Ich frage mich: Wo bleibt die politische Stellungnahme?

NACHBARIN. Wohin will der Erzähler, das ist die Frage, die mich die ganze Zeit beschäftigte. Will er einfach den Begriff der Popliteratur durch erkünstelte Tiefe ad absurdum führen, will er seinen Vorbildern Self und Ellis die Hand reichen, oder will er die Jury beeindrucken – was auch immer er vorhat, es ist in hohem Maße misslungen.

9. Szene

ER 2. Ich liege in meinem Bett und schaue das Licht an der Wand an. Ich fühle mich allein in einer Art, die kaum eine Steigerung zulässt. Ich denke an Deutschland. An die Hässlichkeit, die mich umgibt, auf dieses zerbombte Stück Scheiße vor der Tür, denke an die mittelmäßigen Menschen, die mich umgeben, unförmig ihre Leiber, die sie in beige Trikotagen hüllen, denke an das schlechte Essen, das sie in sich stopfen, und wünsche mir, ich sei als Jude in Amerika geboren. Ich habe so eine Beklemmung, dass ich schnell ein paar Stilnox nehme, um sie wegzuschlafen.

DAS BETT. Er ist ja nicht unbedingt ein schöner Mann, und er wird alt. Das weiß er aber noch nicht. Das ahnt er nur. Und darum wirft er sich herum in der Nacht und schwitzt, und er hat Angst, und das riecht nicht gut. Arschloch.

NACHBARIN.

An jenem Morgen war vielleicht das Licht zu hell.
Sie sah ihn liegen.
Zog die Gardinen zu.
Sie saß am Tisch, trank Kaffee
und hatte Angst,
dass es nun anfangen würde,
zu sein wie immer.

STYLISTIN. Er verließ mich nach drei Tagen. Warum, habe ich nie erfahren.

ER 2. Ich habe keinen gefunden, der mich liebt. Die Liebe gab es nur in den Nächten, bevor ich mit dem Menschen war, den ich mir ausgesucht hatte, der mich unglücklich machen sollte. Ich lag, in der Nacht, die vor der Liebe hell war, und habe gedacht: Wie ich ihn halten wollte, den Menschen, meinen Menschen. Unter der Bettdecke mit kleinen Tieren spielen. Und singen wollte ich dem Menschen, bis er lacht, und lachen wollte ich mit ihm, bis wir aus dem Bett fielen, ihn wecken, in der Nacht, wenn der erste Schnee fällt, und rauslaufen, und dann ihn halten, bis ihm warm würde. Ich wollte alle Wege mit ihm gehen, die ich in meiner Einsamkeit gegangen bin, und die Wege wären neu. Ich wollte ihn füttern mit Kartoffelbrei und auf kalten Feldern laufen, nicht reden, weil das Gesicht gefroren, und heim, ins Bett, und unter der Bettdecke mit kleinen Tieren spielen. Ich wollte den Menschen in der Nacht ansehen, nie mehr schlafen, satt sein nur vom Betrachten seiner Arme, wollte ihm die Tränen essen, sagen: Du musst nicht mehr weinen, ich muss nicht mehr weinen, weil wir doch nicht mehr allein sind, wollte Sandburgen bauen. Ihm aus Büchern lesen und die Fingerspitzen küssen, alle hundert nacheinander.

KOLLEGE. Ich hatte die Prostituierte eines Tages angesprochen. Sie war nicht mehr jung, und ich war alt. Genug der Gemeinsamkeiten. Wir verbrachten sehr angenehme Abende in ihrer Wohnung vor dem Fernseher. Wenn ein Kunde kam, ging ich in die Küche.

ER 2. Das dachte ich in den Nächten mit der Idee einer Person und war so aufgeregt – wie ein Geschenk erhalten, so war es mir. Und dann kam der Mensch, er war aus Fleisch und eigenen Gedanken, und es wurde meiner für eine Zeit, und nie fühlte es sich so an wie in den Nächten, da ich träumte. Er war nur Schweigen und Haut, die kalt war und mir fremd, und Gedanken, die ich nicht verstand, und Feindschaft von beiden, von mir und ihm, weil es sich für uns beide so anders anfühlte als die Idee. Und dann war das Schweigen zu groß, irgendwann, der Geruch zu schlecht, und dann ging ich, oder der andere, es ist egal. Es tat weh eine Zeit lang, so eine tote Idee ist schon nicht lustig, bis ich mich wieder ablenkte und von einem Menschen träumte, der mich retten würde. Hat nie einen gegeben. Und kein Trost, in der Zeit nach der Liebe zu leben, allein sind wir alle und suchen nach dem, der uns liebt, und werden niemanden finden, keinen. Denn auf jeden, der sucht, kommt einer, der gesucht wird, und ich wollte ja auch keinen lieben, der mich wollte. Nie.

PROSTITUIERTE. Er verließ mich nach einiger Zeit, weil er mit meinem Vorleben nicht klarkam, sagte er. Ich warf seine Zahnbürste weg und ging einkaufen.

ER 2. Ich erwache um fünf und merke erst, nachdem ich meine Pillen genommen habe, dass ich nicht zur Arbeit kann, weil Wochenende ist. Draußen ist es merkwürdig hell und laut. Ich schaue, ob eine Gasexplosion stattgefunden hat, doch es ist nur der Frühling, der eingetreten ist, ohne durch mich bemerkt zu werden.

SIE 2. Ich erwachte sehr früh und lag im Bett und versuchte weiterzuschlafen, weil, was sollte ich machen, so mit mir, so wach, so am Wochenende. In dem Zustand zwischen Schlaf und wach stellten sich ausschließlich unangenehme Gedanken ein, an mein Leben und wie ich es im Bett verbringe und dass ich keine Freunde habe, keine Familie und nichts, was mich interessiert, und nichts, was mir Halt gibt, und ich sprang aus dem Bett und musste unbedingt die Wohnung verlassen, und die Vögel schrien um ihr Leben, und ich konnte nicht weinen und ging zu einer Tankstelle, weil es das Einzige war, das mir einfiel, kaufen, irgendetwas, und ich suchte nach ein paar Zeitschriften und nach einem Fertiggericht. Und es regnete.

ER 2. Ich laufe in der Wohnung herum, und sie erscheint mir plötzlich schäbig. Ich zieh mich an und gehe zur Tankstelle, denn es ist zu früh für alles. An der Tankstelle kann ich was kaufen. Kaufen hilft fast immer. An der Tiefkühltruhe steht eine Frau. So eine, wie sie eben aussehen, wenn sie nicht mehr jung sind. Guter Haarschnitt, Prada-Mantel und Hausschuhe, das find ich irgendwie crazy. Wir fangen dann an zu reden über Iglo und über das Leben, also, was gerade im Kino läuft, und sie ist nett, die Frau, und wir gehen dann zu mir, frühstücken.

SIE 2. Er war warm und nicht schön, und er war kein Rockstar, aber angenehm war er, und wir hörten Amanda Marshall, und er las mir aus einem Sachbuch vor, das er geschrieben hatte, und ich kannte alles, wovon er redete.

ER 2. Sonntag. 23 Uhr. Wir haben keinen Sex, also, ich glaube nicht, dass es Sex ist, was wir da haben. Wir klammern uns aneinander und reden, und es ist angenehm, und ich weiß irgendwie, die Frau, das ist mein Schicksal, und – das ist also jetzt meine Frau, und ich sehe sie an und denke: Oh Scheiße.

SIE 2. Wir hielten uns und weinten, weil das ein Reflex ist, wenn man so lange nicht mehr berührt wurde, man merkt, all die verlorenen Jahre auf der Suche nach nicht Vorhandenem. Es geht nur um Berührungen, um jemanden haben, um die Angst zu teilen, damit sie weniger wird. Und ich dachte, ich kann ihn ja einfach behalten, bis ein Besserer kommt. Ich bin noch nicht alt, und sicher würde noch ein Besserer kommen.

ER 2. Wir haben geredet, und ich musste auch den Bauch nicht einziehen. Am Montag verließ ich sie. Ich sah die Straße nicht, die Häuser nicht, ich dachte, wenn ich gearbeitet habe, dann geh ich an der Bar vorbei nach Hause, und dann wartet da eine Frau auf mich. Na, also, nicht endgültig die Frau, aber eine, und das ist gut, denn sie versteht, was ich sage, und ich sage: Was hast du nur mit mir gemacht? Ich werde dich alle fünf Minuten anrufen müssen. Dann überquerte ich die Straße …

SIE 2. Seine Augen bewegten sich schnell hinter geschlossenen Lidern, seine Hand, wäre da noch eine gewesen, hätte sich in meine gekrallt. Da liefen seine letzten Tage und Stunden vor einem Rest seines Gehirnes, hätte er noch eines gehabt, ab, sagte der Arzt. Das sei so, vor dem Tod, sagte der Arzt. An welches Leben erinnert er sich, fragte ich mich. An das, was er hatte, oder was er gern gehabt hätte, fragte ich mich. Das ist egal. Sagte ich mir.

ARZT. So, dann gehn wir auch mal langsam heim.

DAS WIRD SCHON.

Nie mehr Lieben!

Personen

FRAU 1, Mitte/Ende 40 &
FRAU 2, Mitte/Ende 30, beide attraktiv und nett angezogen
UNIVERSALMANN
KLAGEWEIB, verhüllt

Ort

Haus mit vielen Räumen

Zeit

Silvester

1. Wartezimmer

(Musik.)

UNIVERSALMANN.

Da sind sie schon, ich soll sie retten
und könnte vorher mit mir wetten,
dass nichts sich ändert, das ist klar,
denn alles bleibt stets, wie es war.
Die Menschen wollen nicht verstehen,
sie wollen dumme Wege gehen,
sie wollen leiden, weinen, stinken –
wie tief kann man als Mensch nur sinken.
Wenn man zu mir kommt in die Gruppe,
dann ist versalzen schon die Suppe.
Ich hab es satt, das alles hier,
am liebsten wäre ich ein Tier.

KLAGEWEIB. Hier wäre jetzt mal ein Tier. Ein totes Frettchenbaby. Aus einem Laden für nekrophile Zoo-Sex-Päderasten. Wollen Sie so enden?

UNIVERSALMANN. Ich dachte eher an ein edles Tier, das gerne mal einen über den Durst trinkt …

KLAGEWEIB. Jammern Sie nicht. Das ist mein Job. Sie müssen jetzt in die richtige Guru-Haltung kommen. Der Kurs beginnt in – oh, in fünf Minuten!

UNIVERSALMANN Mir ist heute so gar nicht nach Elend …

KLAGEWEIB. Das haben wir gleich: Düster. Herbst. Neurodermitis. Größe 46. Verkrüppelte Tiere. Einsamkeit. Michael Flatley.

UNIVERSALMANN. Oh jaaaa. Es kommt mir. Ach. Seit ich Sie habe, geht es mir viel besser. Ich kann Ihnen alles sagen. Auch sexuelle Dinge.

KLAGEWEIB. Na ja, sexuelle Dinge gehn so.

UNIVERSALMANN. Verrückt. Dass wirklich zu Silvester jemand einen Workshop macht.

KLAGEWEIB. Besonders die Feiertage haben es in sich.

UNIVERSALMANN. Ich hab das nur aus Geldgier angeboten. Und jetzt sitzen da zwei Damen, die erlöst werden wollen. Mist. Ich würde lieber mit Freunden Bierchen trinken.

KLAGEWEIB. Sie haben keine Freunde.

UNIVERSALMANN. Stimmt. Das ist ja völlig elend. Da muss ich mich dringend motivieren – am besten mit einem Lied, das ich in meiner Tagesfreizeit geschrieben habe: *(singt)*
Befreie dich von deiner Not,
denn rasend schnell bist du schon tot,
dann liegst du da, ganz starr und kalt
und denkst, ich war ja kaum erst alt.
In meinem Weh und meinem Ach,
jetzt komm ich drauf und denke nach.
Hätt' ich gewusst, was Leben ist,
gelassen hätt' ich all den Mist.

KLAGEWEIB. Ich hätte nicht gedacht, dass ich so ende. Als Mietklageweib. Aber ich muss sagen:

UNIVERSALMANN. Was sagten Sie, meine Liebe?

KLAGEWEIB. Irgendwann war ich unsichtbar geworden. Eine der Frauen, die eine Silberspülung im Haar tragen und einen Kurzhaarschnitt mit Pony und Dauerwelle und Gesundheitsschuhe, kein Bruttosozialprodukt, keine Renditekurve, keine Gebärmutter – ohne jede Relevanz für die Gesellschaft. Die armen kleinen, ausgeleierten Frauen ohne jede Funktion, warum erschießt man die nicht, ab einem gewissen Alter. So laufen wir herum, weitere 40 Jahre, und essen und scheißen völlig ohne jeden Sinn.

UNIVERSALMANN. Ich war früher kurz wer. Picklig, als ich studiert habe und meistens onanierte. Und dann hab ich in meinem Heimatdorf, Kleinwelka, den ersten Beate-Uhse-Shop aufgemacht. Ich fuhr einen BMW. Dann kam die Flut. Und alle Ossis sind ertrunken, ihre kleinen Pappmascheegeschichten lösten sich auf im Dreck. Da schwammen dann die Beate-Uhse-Schilder und die Döner-Buden-Schilder und die neuen Autos neben toten Tieren und toten Ossis. Und ich wurde Therapeut. Quasi.

KLAGEWEIB. Es dauert mitunter, bis man seine Bestimmung akzeptiert. Doch dann geht es einem wirklich besser.

FRAU 1. Sind wir die Einzigen?

FRAU 2. Der Einzige ist man doch immer.

FRAU 1. Das geht ja super los.

UNIVERSALMANN. Welchen Kurs haben wir denn heute überhaupt? Sei der Manager deines Erfolges? Finde das Kind in dir?

KLAGEWEIB. Nie mehr lieben.

UNIVERSALMANN. Ah, der Königskurs, möcht' ich mal sagen. Ich bin das Gründungsmitglied tausender Ich-AGs. Beziehungsunfähige Arschlöcher habe ich in die Welt geschickt. Die Einsamkeit als Hochform der Zivilisation. Quasi.

KLAGEWEIB. Machen Sie weiter, Sie kommen richtig in Schwung.

UNIVERSALMANN. Und jetzt gehen wir über Kohlen, glaub an dich, du schaffst alles. Dir gehört die Welt. Jaaaaaa, Tschakkkka …

FRAU 1. Ich bin wirklich gerne allein. Ich liege im Bett, umgeben von Zeitschriften und Tee, der Sushi-Lieferservice kommt, und ich habe viele Freunde und liebe meine Arbeit. Das ist doch alles sehr schön.

FRAU 2. Und was machen Sie dann hier?

FRAU 1. Ich möchte ein solides, intellektuelles Fundament unter meiner Einsamkeit errichten.

UNIVERSALMANN. Hören Sie diesen Quatsch?

KLAGEWEIB. Der Quatsch heißt deutsche Frau, alleinstehend, gute Zähne, Kronen und Bleaching, Botoxspritzen, Lebensversicherung, Tendenz zur Osteoporose wegen Unterernährung, und er zahlt uns die Miete.

UNIVERSALMANN. Dass die immer fordern und fordern. Und wie die reden. Und wie sie alles immer besser wissen.

KLAGEWEIB. Und dass sie sich so wichtig nehmen. Denken, sie hätten ein Anrecht auf den persönlichen Kitschfilm in ihrem Kopf.

UNIVERSALMANN. Die brauchen keinen Mann, die brauchen Dresche.

FRAU 2. Und wenn der Kurs etwas bringt und wir uns danach wirklich nie mehr verlieben? Und alleine bleiben? Immer? Wozu soll man dann eigentlich leben?

FRAU 1. Glauben Sie im Ernst, da draußen wartet einer auf Sie? Das ist doch nur Quatsch, der uns industriell erzählt wird, damit wir Cremes kaufen.

FRAU 2. La Mer ist sehr gut.

FRAU 1. Haben Sie schon mal die Maske von Carita ausprobiert? Die Haut fühlt sich danach wirklich sehr weich an. Gleichzeitig wirkt sie gegen freie Radikale.

FRAU 2. Ich hasse freie Radikale. Ich schwöre ja normalerweise auf Clarins. Biologische Inhaltsstoffe sind mir schon wichtig. Und keine Tierversuche.

FRAU 1. Ich schätze Tierversuche sehr. Frische Hunde mit La Mer auf dem Gesicht in einer Wanne mit einem Shiseido-Relax-Anti-Age-Bad.

UNIVERSALMANN. So, wie seh ich aus?

KLAGEWEIB. Die perfekte Psychologenkleidung. Leger und zugleich urban.

FRAU 1. Warum wird man eigentlich nie, nie geliebt?

FRAU 2. Warum müssen sie einem nur immer, immer wehtun.

KLAGEWEIB. Ooooooooch, das ist so, grauenhaft, so ungerecht, so unsozial.

FRAU 1. Ich war irgendwie entspannter, als ich noch an Wunder glaubte.

FRAU 2. Doch wie soll es da etwas geben, etwas Wunderbares, da es regnet, und wieder stehst du auf, und alles ist, wie du es verlassen hattest, als du einschlafen musstest. In deiner Wohnung, die natürlich nicht dir gehört, sondern einer Holding, ist es gelb.

KLAGEWEIB. Zwei normale Frauen. Sie haben nette Kleider, ein nettes Umfeld, und sie haben es nett, an einsamen Abenden mit einem netten Buch und einer warmen Fischmahlzeit. Sie sitzen auf ihren Sofas, wie Millionen andere Frauen, in der dummen Zeit des Übergangs. Bald schon wird man nichts anderes kennen als Alleinlebende. Aber das kann die beiden hier nicht trösten. Sie werden am Ende doch denken, sie hätten das wichtigste Rätsel nicht gelöst.

FRAU 1. Ich kenne nur Alleinstehende, die warten. Auf einen eigenen Menschen. Und ich kenne nur Paare, die warten, auf einen anderen Menschen.

FRAU 2. Auf Geld, ein Kind, ein Auto, ein Wunder, den Weltuntergang – ach, dass doch was passieren wollte. So wie ich mir das immer vorgestellt habe, so ist das nirgends. Dass sie sich lieb haben und tragen. Ich sehe nur Frauen, die sagen, man muss Kompromisse machen, und dann sitzen sie mit dem Mann vor dem Fernseher, und da läuft ein Tierfilm. Dann werden sie müde und gehen zu Bett und haben kalte Füße.

FRAU 1. Sie treffen sich morgens auf dem Flur und fragen sich nicht, wie es geht. Meist geht so.

FRAU 2. Und ausgerechnet bei uns würde es anders sein, denken wir.

FRAU 1. Die Frauen werden grau und sitzen zu Hause, und den Kindern wischen sie das Gesicht mit nassen Taschentüchern, und am Sonntag geht die Familie spazieren und Tiere beobachten, und dann wieder die Woche und das Leben und daran sterben. So kann das doch wirklich nicht gehen.

FRAU 2. Und dann eben alleine. Die Fenster wären nicht klarer, wenn du sie putztest, und draußen würde es nicht heller, weil, gegenüber steht ein gelbes Haus bis in den Himmel. Und deine Kleidung riecht nach Rauch und nach dir, also nach Angst, und die ziehst du an, und du frierst, weil es kalt ist in der Wohnung. Weil du es nicht geschafft hast, mehr als eine Abhängige zu sein. Abhängig von der städtischen Fernwärme, die entschieden hat, dass für dich, du arme Sau, noch kein Winter ist.

KLAGEWEIB. Die Armen. Woanders hätten sie es besser. Mit 13 verheiratet, ein Mann, der sie schlägt, acht Kinder, und sie wären jetzt bereits tot und aus dem Gröbsten raus.

UNIVERSALMANN. Finden Sie, ich sollte lieber das Hemd mit dem Mao-Kragen tragen? Das wirkt doch irgendwie kreativer.

FRAU 2. Ich habe Angst, dass ich nicht mehr träumen werde nach dem Kurs. Dass alles ist wie immer, nur ohne Träume, das geht doch nicht.

FRAU 1. Hat sich auch nur eine Hoffnung erfüllt, wurde ein Versprechen gehalten? Wir haben uns doch alles selber schenken müssen.

UNIVERSALMANN. Ich könnte jetzt schnell noch ein wenig onanieren. Einfach so.

KLAGEWEIB. Och nööö.

FRAU 2. Aber ich sehne mich so nach einem Menschen.

FRAU 1. Was kann man von den Menschen wollen? Vielleicht trifft man einen, der die Einsamkeit aufhebt, das wäre dann wohl so wunderbar, wie das Gehirn zu erweitern und vier Hände zu haben, und schneller zu werden, bis man fliegen kann. Wahrscheinlich findet man ihn nicht, diesen Menschen, und wenn, dann verliert man ihn wieder, weil man alles verliert, was nach Unendlichkeit verlangt.

FRAU 2. Apropos: Warum hat Sharon Stone nur diesen Bernie Cahill gehen lassen? Ein Traum von einem Mann.

FRAU 1. Sharon Stone ist ganz sicher eine Ziege. Wie Julia Roberts.

FRAU 2. Sharon Stone benutzt auch La Mer. By the way.

KLAGEWEIB. Früher habe ich auch Cremes benutzt. Und bin zum Aerobic gegangen, das hieß damals so. Ich dachte, meine Einsamkeit läge allein an meiner Unzulänglichkeit. Eine sehr niedliche Idee.

FRAU 2. Ich ahne sehr, dass da keiner kommen wird, mich zu retten. Wer soll denn bitte retten wollen, was alleine in hässlichen Cafés sitzt und Autos beobachtet?

KLAGEWEIB. Was sind das denn für Jammerlappen?

UNIVERSALMANN. Die eine ist 45 und macht irgendwelches Kunstzeug. Die andere, Mitte 30, tanzt irgendwie und arbeitet in diversen Bars.

FRAU 1. In meinem Gehirn kommen jeden Tag die Männer zu Besuch, die mich haben einsam werden lassen. Die setzen sich kurz hin und trinken einen Tee, der ist kalt, und gehen dann wieder, den Hund vergessen sie.

FRAU 2. Wie hätte ich wen von etwas überzeugen sollen, das mir selber zuwider ist. Wie das wohl geht, wenn Leute lachend Vespa fahren, und immer singen Vögel. Das machen die sicher mit Drogen.

FRAU 1. Vielleicht jammern wir mal nicht mehr. Dass wir uns verlieben können, hat uns ja nicht so viel gebracht, also können wir darauf gut verzichten.

FRAU 2. Genau. Das soll mal funktionieren. Alkohol und Prozac und Amphetamine und Eigenurin – das hat alles nichts gebracht, das Unglück ist geblieben.

FRAU 1. 40 Jahre Emanzipation. Alles vergessen, wenn man abends allein im Bett liegt. Dass man da nichts operativ machen kann. So, jetzt könnte es aber mal anfangen …

FRAU 2. Vielleicht gehört das schon dazu. Sich einlassen lernen oder so.

FRAU 1. Sich einlassen ist so 80er.

UNIVERSALMANN. So, dann wollen wir mal. Sind Sie bereit?

KLAGEWEIB. Für Elend immer.

2. Empfangszimmer

UNIVERSALMANN. Einen wunderbaren guten Abend. Ich bin Knut, Ihr Kursleiter, und das ist mein Klageweib, Sie können es für die Dauer Ihres Aufenthaltes gerne nutzen. Kommen Sie, sagen Sie etwas.

KLAGEWEIB. Ja, benutzen Sie mich gerne.

UNIVERSALMANN. Ist Ihnen aufgefallen, dass ich mich exakt um 30 Minuten verspätet habe?

FRAU 2. Aber das ist ja nicht weiter schlimm …

UNIVERSALMANN. Gute Antwort! Frauen warten, haben Geduld, hoffen, und Männer verkaufen die Zeit, die sie Frauen rauben, teuer. Herzlich willkommen zu unserem kleinen Silvesterworkshop mit dem Thema:

KLAGEWEIB. Nie mehr lieben!

UNIVERSALMANN. Wir wollen zusammen Techniken herausarbeiten, die es Ihnen nach diesem Kurs unmöglich machen werden, sich jemals wieder zu verlieben. Stichwort unterbewusste Konditionierung. Haben Sie sich gut überlegt, was das für Sie heißt?

FRAU 1. Es ist wie der Entschluss, nie mehr zu rauchen.

UNIVERSALMANN. Richtig. Sehr gutes Beispiel. Zigaretten und Männer sind sehr ähnlich in der Wirkung.

KLAGEWEIB. Die Garantieklausel!

UNIVERSALMANN. Richtig. Wir arbeiten mit Garantie: Wenn Sie sich nach bestem Wissen einbringen, hier mitarbeiten, öffnen, eins werden mit dem Dings und sich danach jemals wieder verlieben, bekommen Sie Ihr Geld zurück.

FRAU 1. Wird das Geld verzinst?

UNIVERSALMANN. Unbedingt. So, ich würde sagen, wir steigen mal gerade ein. Zeit ist Geld, und zwar Ihres, haben wir gerade gelernt. Und zum Lernen sind wir ja hier. Schließen Sie bitte die Augen.

FRAU 1. Müssen wir Ommmm sagen?

UNIVERSALMANN. Sagen Sie nichts. Wir üben jetzt die Technik des Kurses: Durch das Betreten alter, versiegelter Gefühlsräume lernen wir, Emotionen stofflich werden zu lassen. Denken Sie an einen Moment, da Sie wirklich glücklich waren.

KLAGEWEIB. Weihrauch, die Musik von Halloween, verrücktes Klaviertremolo, Rosen fallen vom Himmel.

UNIVERSALMANN. Wenn Sie ihn haben – den Moment –, dann holen Sie die Gefühle dazu aus den Tiefen Ihrer Erinnerung und schenken Sie sie mir.

FRAU 1. Wie jetzt, hier so vor allen?

UNIVERSALMANN. Überwinden Sie die Peinlichkeit. Lassen Sie uns eine Seelenfamilie werden.

KLAGEWEIB. Shit …

FRAU 1. Da war Sonne. Ich lief über einen Platz, es war natürlich der Markusplatz, da verkehrt man in meinen

Kreisen. Der Mann lag im Hotelzimmer und schlief. Ich trank Kaffee und war so unendlich.

FRAU 2. Es war vor einigen Monaten. An diesem Abend, als ich den Mann auf einer Party getroffen hatte und heimging mit dem Gefühl: Jetzt fängt ein neues Leben an. Alles wird anders und bunter. Ich werde nicht mehr allein sein. Ich nahm ein paar Pillen und schwebte …

UNIVERSALMANN. Aha – Sie waren alleine in Ihren glücklichsten Momenten. Nur eine Idee genügte, um Ihre Dopaminausschüttung anzukurbeln. Lassen Sie die Augen geschlossen, was fällt Ihren Gefühlen bei dem Wort – Silvester ein?

FRAU 1. Es ist vor allem so, dass alles von Neuem beginnt, der Matsch im Januar, der zu kühle Frühling, und kaum hat man sich an Licht gewöhnt, verschwindet das schon wieder, und die Uhr wird umgestellt, und das ist doch wirklich kein Grund, Dinge in die Luft zu schießen und rosa Hütchen aufzusetzen.

FRAU 2. Silvester. Das ist so toll, denke ich. Endlich ist dieses hässliche Jahr vorbei. Das nächste wird besser werden, es wird: glücklich werden. Ich will so richtig gut in dieses neue, elegante, schnelle Jahr gelangen. Und finde mich dann doch auf gefrorenen Straßen von Party zu Party laufend und lande in Wohnungen, wo ich keinen kenne, und alle sind verzagt und stehen mit Konfetti auf der Schulter und einem Glas billigem Sekt in Küchen. Und immer ist da ein betrunkener Mann mit Mundgeruch und Glatze und braunen Halbschuhen, der dann mit mir redet:

UNIVERSALMANN *(der verkleidet sich in Folge für jeden Männerpart und wechselt rasch wieder in die Therapeutenrolle, wenn es der Text verlangt).*

Hey, ich bin der Maik, und wer bist du?

FRAU 2. Ich bin die Peggy – sag ich dann immer, das ist mein Pseudonym für unerträgliche Situationen.

UNIVERSALMANN. Ich wollte diesmal eigentlich zu Hause bleiben. Ich bin nicht so für Feiern. Aber Silvester ist nur einmal im Jahr, und man gönnt sich ja sonst nichts, harhar.

FRAU 2. Oh ja, ich verstehe, sagt man und fällt schon beim ersten Satz innerlich um vor Langeweile.

UNIVERSALMANN. Ich bin Personalleiter bei Blombach und Partner, einem der regional bedeutendsten Unternehmen für Verfahrenstechnik.

FRAU 1. Ich kenne eigentlich nur zwei Sorten Männer mit Berufen – die eine macht Kunst oder Forschung oder sonst was, was allgemein anerkannt ist, und ist eitel und kann nicht zuhören, und die anderen sind gescheitert und verbittert und können nur über sich reden und nicht zuhören darum.

FRAU 2. Das innere Ich, das umgefallene, beginnt sich behutsam zu übergeben. Und es sagt: Das klingt sehr interessant.

UNIVERSALMANN. Na ja, mit der Zeit wird es Routine …

FRAU 2. Dann stehst du mit Maik und denkst: Vielleicht sollte ich ihm eine Chance geben. Vielleicht ist er sehr tief, denkst du und wirst so seltsam taub dabei.

FRAU 1. Ich habe kaum eine Frau getroffen, die so viel Theater um sich gemacht hätte wie jeder noch so unwichtige Mann.

UNIVERSALMANN. Unter uns: Ich warte nur darauf, dass es 12 schlägt und ich ihr meine Zunge so richtig deep in den Mund hängen kann.

FRAU 2. Und die Zeit bis 12 vergeht überhaupt nicht …

UNIVERSALMANN. Hört, hört, es schlägt 12. Peggy, jetzt werd ich dich mal richtig küssen.

FRAU 2. Und dann küsst man wen, der Maik heißt, und denkt sich: Wie kann man so verzweifelt sein, etwas zu küssen, über das man noch nicht mal stolpern möchte.

KLAGEWEIB. Oooooooooch, diese Einsamkeit, die das Berühren fremder Körper, mit denen einen nichts verbindet, mit sich bringt.

UNIVERSALMANN. Na, das ging doch schon ganz gut. Sie haben sich ein wenig mit Ihren inneren Räumen vertraut gemacht. Die werden wir betreten, entrümpeln und renovieren.

KLAGEWEIB.

Dann stoßen wir die Türen auf
und lassen den Gefühlen Lauf.
Und stellen dann gemeinsam fest,
das Fühlen gibt einem den Rest.
Der Mensch ist viel zu blöd dafür,
drum schnell, mach zu die dumme Tür.

UNIVERSALMANN. Wir werden jetzt arbeiten, Gesetze erkennen, sie lernen und begreifen …

KLAGEWEIB. Begreifen, dass es keine Liebe gibt.

UNIVERSALMANN. … und geheilt sein. Glückliche alleinstehende Frauen, Sie verstehen?

FRAU 2. Wir werden also ab morgen nie mehr verliebt sein?

KLAGEWEIB. Niiiieeeee. Fotze.

UNIVERSALMANN. Entschuldigen Sie, das Klageweib hat ein Tourette-Syndrom. Aber Klageweiber sind billiger mit Defekt.

3. Illusionsraum

UNIVERSALMANN. Treten Sie ein, meine Damen. Wir sind: im Raum der Illusion.

KLAGEWEIB. Ein Rachmaninow-Konzert. Der Duft von Flieder. Ein Frühlingstag, der schon die Kühle des Verfalls in sich beheimatet hat. Quasi.

FRAU 2. Ich weiß auch nicht, wie ich ausgerechnet bei Rachmaninow darauf komme, aber ich bin immer so unzureichend, wenn ich verliebt bin.

FRAU 1. Frauen reichen nie.

FRAU 2. Muss ich denn eine Frau sein müssen? Geht nicht was anderes?

FRAU 1. Sicher, zum Beispiel geht Mann.

KLAGEWEIB.

An einem Montag um halb acht
da bin ich aus dem Schlaf erwacht,
mir wurde kalt, der Schweiß rann ab,
weil ich da was am Körper hab.
Zwei Bärentatzen waren da,
wo ich noch gestern Händchen sah,
ein Stein, wo früher Herz gewohnt,
ein Arsch, der nun Gesicht betont,
die Gedanken waren weg.
Statt ihrer nur noch Börsendreck.
Wollt die ganze Welt besitzen
und auf alle Menschen spritzen
mit einem Glied, hoch wie ein Turm.
Ich wachte auf, in mir war Sturm.
Ich wachte auf und mir war klar,
dass ich ein Mann ab heute war.

FRAU 2. Dass aber auch nichts vollkommen ist und man immer einen Hunger haben wird. Und man arbeitet und denkt, was tue ich hier. Das kann doch nicht alles gewesen sein, diese SINNLOSIGKEIT kann es doch nicht gewesen sein.

KLAGEWEIB. Das ist wirklich schrecklich.

UNIVERSALMANN. Sehr schön. Aber vielleicht können wir uns auf den Raum einlassen, die Gefühle, die er in uns weckt, und die Geschichten, die darum bitten, erzählt zu werden.

FRAU 2. Was ist das Thema noch mal?

UNIVERSALMANN. Der Raum der Illusionen. Der Täuschungen. Der Enttäuschungen. Haben Sie sich einmal in einem Mann geirrt? Haben Sie ihm vertraut?

KLAGEWEIB. Seit ich weiß, dass es keinen Sinn gibt, dass es nur darum geht, mit ein wenig Würde die letzten Jahre herumzubekommen, seither geht es mir wirklich besser. Merken Sie sich meine Worte.

FRAU 2. Da war ein Mann.

UNIVERSALMANN. Sehr gut, so fangen Illusionen meistens an. Gehen Sie weiter.

FRAU 2. Es war ein Gartenfest bei Kirsten und Marc. Die haben eine IT-Firma, und auf dem Fest waren alle ihre Freunde mit ihren IT-Firmen und Kindern und den urbanen Lebensräumen, die sie voll erschlossen hatten, mit interessanten Freizeitgestaltungen, wie Pilates machen, und Sushi aß ja eh keine Sau mehr. Ein Abend, da man vorher gedacht hatte, vielleicht passiert ein Wunder, und dann doch die aktuelle Belanglosigkeit nicht fassen kann. Ich stand zum Gehen, und dann war Hans-Jürg plötzlich neben mir.

FRAU 1. Beim Pilates-Training werden die beiden Kraftzentren des menschlichen Körpers gestärkt. Sie setzen sich einerseits aus der unteren und der tiefen Bauchmuskulatur und andererseits aus der mittleren Rücken- und der Schultergürtelmuskulatur zusammen. Es soll dem Klienten helfen, eine optimale biomechanische Impulsgebung in allen Bewegungen zu erreichen.

UNIVERSALMANN. Eine furchtbare Party. All diese Frauen in eierschalenfarbenen Kostümen und die Männer mit Stirnglatze, das trägt man heute ab 30, und alle sahen so unglaublich durchschnittlich aus, dass mir der Gedanke, zu diesen Leuten zu gehören, die alle dasselbe verdienten und dachten und in ihrer Freizeit Pilates machten, unerträglich war. Als ich mich verdrücken wollte, stand da eine Frau rum.

FRAU 1.
P roximal
I ntegrating
L atent
A gile
T oning
E xercise
S ystem
Das sind die Pfeiler von Pilates. Nur so, um es mal zu erwähnen.

FRAU 2. Sie sehen so schön aus, und ich würde Sie sehr gerne kennen lernen und einen Absacker mit Ihnen trinken und mit Ihnen gehen. Sagte er. Glaube ich.

UNIVERSALMANN. Sie stand im Weg und sah aus, wie sie eben heute aussehen, in dem Alter. Ich habe sie also angesprochen: Na, heben wir noch einen – sagte ich.

FRAU 2. Er war wunderschön, und er meinte mich.

UNIVERSALMANN. Ich war betrunken und dachte, vielleicht liefe da noch was. Irgendwann ist man ja immer betrunken und will eigentlich nur noch, dass was läuft, egal mit wem. Also was Sexuelles.

FRAU 2. Dann saßen wir auf einer Bank, im Regen, bis der Morgen kam, er hat meine Füßchen gewärmt, und wir haben wunderbar geredet.

UNIVERSALMANN. Ich habe in den Jahren nach meiner Promotion viel publiziert. Die Logizität in der Sprache Adornos war einer meiner Interessensschwerpunkte. In der Huchel-Gesellschaft in Heidelberg referierte ich über die Dialektik seines Werkes. Wie ich in meinen zahlreichen Reden immer betonte, ging es mir oft um die oszillierenden Zwischentöne, die in seiner Prosa gleichsam zu schweben schienen …

FRAU 2. Selten hatte ich so gut mit jemandem gesprochen. Ich dachte, was für ein Glück, dass ich ihn kennen gelernt habe.

KLAGEWEIB. Früher lernte man einfach noch wen kennen. Amseln zum Beispiel. Amseln sind solche Dreckschweine …

FRAU 2. Zum Abschied hob er mich hoch und hat mich getragen. Das war so schön, dass ich umgehend weglaufen musste.

KLAGEWEIB. Bis hierhin scheint alles normal: Zwei Menschen treffen sich unverbindlich. Sie verstehen sich, so gut es zwischen Mann und Frau eben geht.

FRAU 2. Die folgenden Tage war ich in dem Wissen, nicht mehr alleine zu sein. Ich dachte in jeder Sekunde an den Mann. Ich träumte davon, dass wir nach Paris fahren …

UNIVERSALMANN. Ma petite, sieh nur, Paris, das lege ich dir zu Füßen und möchte dich auf diesem Wege fragen, ob wir nicht heiraten wollen …

KLAGEWEIB. Oha, jetzt beginnt die Sache aus dem Ruder zu laufen.

FRAU 1. Die Traurigkeit begann eigentlich erst vor einiger Zeit. Vor meinem Geburtstag, um genau zu sein. Als mir klar wurde, dass es nun sehr schwer würde, noch jemanden zu finden, der mein Leben mit mir teilt, um genau zu sein. Verdammt, wir sind doch nicht zum Alleinsein konzipiert. Und …

KLAGEWEIB. … Sie wussten nicht mehr, wozu Sie weitermachen sollten.

FRAU 1. Ich dachte, ich müsste besser aussehen, eine bessere Ausstrahlung haben, ich las Sachbücher über Partnerdinge, und das alles führte zum Begreifen, dass Ehen Versorgungsgemeinschaften sind. Dass unsere Ideen falsch sind. Aber verdammter Mist. Ich hatte keine anderen. Und …

KLAGEWEIB. … Sie liefen in Ihrer Wohnung herum und bekamen Einladungen vom Goethe-Institut nach Oslo und Nowosibirsk, und wenn Sie da nicht waren …

FRAU 1. … dann war ich zu Hause, und da war es leer. Sicher habe ich Freunde, und ich gehe in schöne Restaurants, und alle sind sie am Sonntag geschlossen und …

KLAGEWEIB. Nie langt etwas. Und es hilft auch nicht, die anderen zu sehen, in stummen Beziehungen, die sich danach sehnen, alleine im Bademantel durch das Wochenende zu streifen.

FRAU 2. Nach einer Woche bekam ich Angst. Ich wartete doch so, auf eine Mail, einen Anruf, dass er vor der Tür steht.

KLAGEWEIB. Oha. Es wird elend.

FRAU 2. Atmen konnte ich ab und zu, wenn ich einen Grund für Hoffnung fand. Er ist bestimmt schüchtern, dachte ich.

KLAGEWEIB. Alle Männer sind schüchtern.

FRAU 2. Oder er hat Angst.

KLAGEWEIB. Alle Männer haben Angst.

FRAU 2. Oder er ist krank geworden, alle Männer sind ja auch immerzu krank und überhaupt – eine Woche bedeutet ja nichts, das ist ja keine Zeit. Vielleicht ist er einfach langsamer. Ja, genau. Ich bin HYSTERISCH. Ich weiß das aus einem Psychotest in einer Zeitung. Ich soll Polo spielen, sagten sie, das wäre gut für mich. Aber eigentlich – ich will nicht Polo spielen – ich will diesen Mann.

FRAU 1. Aber – was macht man dann damit? Wo bewahrt man das auf, was bekommt es zu essen und wozu?

FRAU 2. Ich wollte es nicht glauben. Dass ich mich so wohl gefühlt hatte und es ihm nicht klar sein sollte, das Besondere. Dann habe ich ihm geschrieben. Nicht fordernd, nicht aggressiv, nicht wütend, nicht zu lustig, nicht zu klug – das mögen sie nicht.

UNIVERSALMANN. Ich bin 44 – mir gehört ein kleiner Verlag. Ich arbeite viel, und in meiner Freizeit onaniere ich zu meinen Huchel-Reden, die ich aufgenommen habe. Das langt mir.

KLAGEWEIB. Die Unterschrift ging ja mal daneben.

UNIVERSALMANN. »Regenfrau« hatte sie geschrieben. Die ist doch nicht ganz dicht. – Bestimmt macht sie auch Bauchtanz und vergräbt Nachgeburten im Garten …

FRAU 2. Ich habe ihn noch ein paar Mal angerufen, nur um seine Stimme zu hören. Also, ich hab aufgelegt, wenn er sich meldete. Ich habe Artikel über ihn im Internet gesucht und ein Foto von ihm ausgedruckt.

KLAGEWEIB. Er bei einer Huchel-Rede – wie süß.

FRAU 2. Ich wurde irgendwie verzweifelt.

UNIVERSALMANN. Ich könnte mich in so eine Frau nie verlieben. Die ist schon so – fest. Auch verbittert, teilweise. Mich fasziniert eher, na, sag schon – ähm – Unschuld.

KLAGEWEIB. Liebe gibt es nur unter unschuldigen Menschen.

FRAU 2. Und ich habe gehofft.

FRAU 1. Das ist unser Business, hoffen und geduldig sein und Verständnis haben und gütig sein.

KLAGEWEIB. Und wenn wir stark sind, es nicht zeigen, wenn wir Erfolg haben, uns klein machen und kochen und die Wohnung nett machen und uns nicht anmerken lassen, wenn wir krank sind, verschweigen, wenn wir klug sind, und das alles mit dem großartigen Erfolg, dass wir am Ende doch allein sind. Weil sie vor uns sterben, die Idioten, oder uns verlassen …

FRAU 2. In der Nacht kam er und sprach zu mir:

UNIVERSALMANN. Ich habe dich gefunden und will dich nie mehr verlieren. Lass uns zusammenziehen. Ich habe einen Pierre-Koenig-Bungalow. Da werd ich dich weitgehend herumtragen.

FRAU 2. Würde er sagen, und dann zögen wir in diesen Bungalow, bauschige Vorhänge würden wehen, und im Garten am Fluss stünde ein weißes Horsy.

KLAGEWEIB. Jetzt dreht sie komplett durch.

FRAU 2. Und er würde mir Geschichten vorlesen, und kleine Schweine briete er mir, um mich zu füttern. Wir würden nachts zusammen spazieren gehen, und er würde mir wissenswerte Dinge über Philosophen erzählen.

UNIVERSALMANN. Ja also, der Schopenhauer, der war schon 'ne Nummer.

FRAU 2. Jemand, von dem ich weiß, dass er so zu mir passt, der muss doch auch Gefühle haben.

KLAGEWEIB. Ich habe ein, unter uns, nicht so tolles Gefühl.

UNIVERSALMANN. Ich hasse es, wenn man mich unter Druck setzt. Schauen Sie, ich bin irgendwie multioptional. Was soll ich mit einem Menschen, wenn ich viele haben kann.

FRAU 2. Wenn ich ehrlich bin, warte ich immer noch. Ich glaube daran, dass er auftaucht und alles nur ein Missverständnis …

UNIVERSALMANN. So, danke. Das reicht. Ich fasse mal eben zusammen. Wir haben hier einen typischen Fall von Komplett-Projektion. Wollen wir in einer Gruppenaufstellung unsere Erkenntnis manifestieren?

KLAGEWEIB. Na los, hopp zur Familienaufstellung … Sie kennen seine Eltern nicht. Wissen nicht, wie es ist mit ihm an einem verregneten Sonntag und wie er riecht, am Morgen …

UNIVERSALMANN. Männer spüren, wenn sie nicht gemeint sind. Dann werden sie böse. Aber noch wichtiger: Ein Mann, der ein sexuelles Interesse hat – wird sich melden.

KLAGEWEIB. Wiederholen Sie: Ein Mann, der sich nicht meldet, hat kein Interesse an mir.
FRAU 1. Wenn er nicht anruft, will er nichts.
FRAU 2. Gar nichts. Nicht ein bisschen …

4. Das Zimmer der Illoyalität

UNIVERSALMANN. Gehen wir weiter.
KLAGEWEIB. Weiter durch unsere innere Wüste.
UNIVERSALMANN. In – das Zimmer der Illoyalität.
FRAU 1. Oh ja. Loyal, das konnte er prima nicht …
KLAGEWEIB. Trauriges Lied von Sophie Tucker. Ein Teppich, der einem weggezogen wird, obwohl man darauf steht. Grau.
FRAU 2. Ich versteh den Begriff nicht.
KLAGEWEIB. Dann red ich mal solange. Ich war für meine Männer da. Ich habe sie aufgebaut, versorgt, bekocht, ich habe mir ihren Schwachsinn angehört, ich habe in Kauf genommen, dass sie mich betrogen, habe entschuldigt, wenn sie nicht für mich da waren, wenn ich Sorgen hatte. Als der Krebs kam, waren alle weg, und das Alter.
FRAU 1. Fast 15 Jahre lebten wir zusammen, René und ich. Er war kein auffallend attraktiver Mann. Er machte Kunstfotos von sich und seiner Unauffälligkeit, die er dann mit Schwarz übermalte.
UNIVERSALMANN. Ich habe nie Erfolg gehabt.
FRAU 1. Das Geld verdiente ich.
UNIVERSALMANN. Sie machte einfach immer die gefälligeren Sachen.
FRAU 1. Er war meine Familie geworden. Ich hatte seinen Kopf gehalten, wenn der abfallen wollte, habe nie er-

zählt, wenn ich Erfolg hatte. Ich habe gekocht für ihn und ihn bewundert, ich war allein mit meinen Sorgen, weil seine immer größer waren, und wenn ich krank war, musste er …

UNIVERSALMANN. … grad mal kurz los.

FRAU 1. Oder war viel kränker –

UNIVERSALMANN. Du, mir tut das Bein so weh. Ob das eine Enzephalitis ist?

FRAU 1. Ich hatte gedacht, dass wir zusammen alt würden.

UNIVERSALMANN. Ich fühlte mich so alt mit ihr.

FRAU 1. Ich liebte die Vertrautheit. Manchmal liefen wir den ganzen Tag im Pyjama herum, lagen auf der Couch und sahen Videos, ich mochte seinen Bauch und seinen Geruch.

FRAU 2. Geruch, da denk ich immer an Knoblauchbrot in den Kneipen, wo ich arbeite. Knofi, sagen die – so Männer sind das, die aussehen, als seien sie aus diesen Läden, die Traumpuppen aus Südamerika verkaufen. Ich dachte ja immer, dass ich mal tanzen würde. Ich habe Workshops gemacht. Und mich immer wieder beworben, bei freien Gruppen. Manchmal bin ich genommen worden. Es gab kein Geld, und wir traten vor drei, vier Leuten auf in kleinen alternativen Spielstätten, und ich habe immer gedacht, das wird noch, und habe nebenher in alternativen Restaurants alternativen Gästen alternatives Knoblauchbrot serviert.

UNIVERSALMANN. Mir fiel auf, dass es mir nicht auffiel, wenn wir beide im Bad waren. Ich auf dem Klo, sie sich rasierend. Und ich dachte dann: Wir haben gar keine Geheimnisse voreinander. Das ist irgendwie schrecklich.

KLAGEWEIB. Und sie nimmt ihn nicht mehr in den Mund. Himmel, wie unendlich langweilig …

FRAU 1. Ab und an hatten wir Verkehr. Ich habe sehr gerne Verkehr mit jemandem, der mir nah ist. Das nimmt dem

Ganzen die Peinlichkeit. Ich habe auch einmal Schwung in unser Sexleben gebracht und mir einen schrittoffenen Slip und ein Negligee gekauft und einen Stripkurs besucht. Das hab ich dann ausprobiert. *(Probiert das aus)*

UNIVERSALMANN. Sag mal, was tust du da eigentlich?

KLAGEWEIB. Ein voller Sexualerfolg, will ich meinen.

UNIVERSALMANN. Natürlich reizte sie mich erotisch schon lange nicht mehr. Sie war mir zu einer Schwester geworden. Das war ja niedlich. Aber ein Mann ist doch auch ein Wolf. Stückweit.

FRAU 1. Da war so ein Abend im Herbst, und er trat in mein Zimmer.

UNIVERSALMANN. Ich muss mit dir reden …

KLAGEWEIB. Krähen. Wolken. Käfer aus Bodenritzen. Die Saite einer Geige wird gezupft.

FRAU 1. Sagte er. Und ich dachte nichts und sagte: Ja?

UNIVERSALMANN. Ich habe mich verliebt.

FRAU 1. Schrie er fast, und ich dachte immer noch nichts und sagte: Was?

UNIVERSALMANN. Ich habe versucht, mich dagegen zu wehren, aber es ist stärker als ich. Ich habe ein Recht darauf, glücklich zu sein.

FRAU 1. Das Recht hat doch keiner, dachte ich. Es gibt das nicht im Grundgesetz. Und dann dachte ich weiter, dass das alles wie irgendwo gelernt wirkt. Es gibt Sätze, die darf man einfach nicht sagen.

UNIVERSALMANN. Weißt du, ich empfinde eher freundschaftlich für dich.

FRAU 1. Schon wieder so ein Satz, und ich dachte: Ja, das ist doch großartig, Freundschaft. Was gibt es denn mehr?

UNIVERSALMANN. Wir haben uns …

KLAGEWEIB. … auseinandergelebt. Rattennase.

UNIVERSALMANN. Für dich gibt es doch nur deine Arbeit.

FRAU 1. Aber wir leben davon. Sagte ich und wusste: Das war der falsche Satz.

UNIVERSALMANN. Siehst du, siehst du, das meine ich. Ich fühle mich nicht mehr als Mann neben dir.

KLAGEWEIB. Die Zeit für einen kleinen emanzipatorischen Diskurs wäre nun gekommen. Dauerhafte Beziehungen basieren auf Abhängigkeiten. Zu allem anderen sind wir noch nicht reif.

FRAU 2. Sie mit Ihrem Kopftuch müssen sich überhaupt nicht aufspielen. Weil Frauen keine Alternative zur Verhüllung und Unterwerfung unter das männlich dominierte System haben, rationalisieren Sie Ihr Verhalten, indem Sie Ihre Zwangslage zur bestmöglichen Seinsform aufwerten. Indem Sie behaupten, Sie hätten sich freiwillig für die Verhüllung entschieden, geben Sie sich der Illusion von Freiheit hin. Doch Verhüllung, gleich welcher Art, macht immer nur klar, dass sich die Trägerin dem Willen des Mannes unterwirft. Er beherrscht den öffentlichen Bereich, den sie nur verhüllt betreten darf. Verhüllen signalisiert die permanente sexuelle Verfügbarkeit der Frau im Rahmen der Ehe, die durch Züchtigung erzwungen werden kann. Wow. Ich kann ja, wenn ich will.

FRAU 1. Wir könnten eine Galerie suchen für dich, in Amerika vielleicht, oder eine Therapie machen.

UNIVERSALMANN. Du hörst nicht hin. Es hat dich noch nie interessiert, was ich denke und sage. Ich bin ja nur ein Versager. Ich will keine Therapie. Ich will frei sein. Frei sein.

(singt)

Das ist die Freiheit, die ich meine:
Am liebsten wäre ich alleine,
würde wilde Bilder malen,
so egal sind mir die Zahlen.
Da kann ich doch nur drauf lachen,

die Welt, die ist für mich zu klein,
da passt kein Künstler wie ich rein.

FRAU 1. Frei sein, dachte ich, das hat mit der Prärie zu tun, und bitte sag, dass du nur Spaß machst. Sagte ich. Und ich glaube, dann bekam ich diesen schluchzenden Tonfall: Wir, wir sind doch schon so lange zusammen – und …

UNIVERSALMANN. … einen Orgasmus hattest du auch nie.

FRAU 1. Sagte er.

UNIVERSALMANN. Ich verlasse dich. Jetzt. Du wirst von meinem Anwalt hören.

FRAU 1. Sagte er. Dann nahm er einen Rollkoffer und ging.

KLAGEWEIB. Dass die nicht merken, wie unbedingt nach Bediensteten diese Rollschredder aussehen.

FRAU 2. Ich hab auch so einen, die sind einfach praktisch. Aber ich bin nie verreist. Ich finde es so anstrengend, seinem Leben einen Inhalt zu geben. Ich dachte, mit so einem Erwachsenenkoffer wäre irgendetwas klarer.

FRAU 1. Ich klammerte mich an den Koffer und fiel hin, und er machte die Tür zu. Ich dachte: Aber das ist doch der Mensch, der mir am nächsten war. Ich weiß, welche Laute er beim Schlafen macht, ich habe ihm Fieber gemessen, ihn getröstet und kenne jede Falte seines Gesichts, kenne jeden Traum, den er hatte, in jeder Nacht.

UNIVERSALMANN. Und dann bin ich gegangen.

FRAU 1. Ich hörte seinen Koffer auf der Straße hinter ihm her rollen.

FRAU 2. Sehen Sie, so ein Koffer verleiht einem doch ein gewisses Auftreten. Ich bin mit meinem ab und zu spazieren gegangen. Einfach so.

FRAU 1. Seine Sachen und auch meine ließ er abholen, als ich unterwegs war. Ich zahlte ihm Unterhalt und habe ihn dann noch einmal getroffen, mit einem nachlässig blondierten Mädchen. Er sagte:

UNIVERSALMANN. Das ist Bianca (23), meine Freundin.

FRAU 1. Und ich sagte: Hallo, Bianca. Müsstest du nicht in der Schule sein um diese Zeit. Und sie sagte:

FRAU 2 *(als Bianca)*. Und Sie können wieder ohne Altenbetreuerin auf die Straße. Toll.

FRAU 1. Und ich dann: Na dann noch einen schönen Ausflug mit dem werten Herrn Vater. Ich hoffe, du verdienst bald Geld. Das tut er nämlich nicht. Und Bianca sagte:

FRAU 2 *(als Bianca)*. Ach, solange Sie ihn unterstützen, langt das schon.

FRAU 1. Dann ging er, und Bianca (23) schmiegte sich an ihn. Ich sah den beiden nach und dachte, wie merkwürdig, dass man einen Körper, den man kannte wie seinen eigenen, auf einmal nicht mehr anfassen darf. Das ist jetzt Biancas Körper, und sie wird die Sommersprossen zählen unter seinen Augen, es sind fünf.

UNIVERSALMANN. Was soll man machen, wenn man sich verliebt? Ich habe mich mit meiner Frau wohl gefühlt. Aber ich habe ihr nie genügt. Ich habe das Glück, dass Bianca wirklich mich meint. Ich fühle mich stark mit ihr. Ich bin so erleichtert, FREI zu sein. Ich, ich, ich, ich, ich, ich, ähm, ich weiß, Bianca ist erst 23, aber sie ist wirklich weit für ihr Alter.

KLAGEWEIB.

Liebe fragt nicht woher und wohin,
Liebe macht gar keinen Sinn.
Aus Hormonen schnell geboren,
ist der Mist nicht ausgegoren.
Sich an die Genitalien langen,
im Bett die Möpse fangen,
mit großen Dildos in die Sachen,
das kann nur Unglück machen.
Dann steht ihr auf und euch ist klar,
dass alles nur Hormone war.

UNIVERSALMANN. So, das reicht mir schon. Wie lautet in dem Fall wohl unser Gesetz?

FRAU 2. Du wirst immer gegen eine Jüngere ausgetauscht?

UNIVERSALMANN. Noch eine Idee?

FRAU 2. Du sollst nie heiraten?

UNIVERSALMANN. Nun, da helfen wir doch mal:

KLAGEWEIB. Mach dein Schicksal nie von einem Mann abhängig. Der Mann ist dein Feind. Nie sollst du dich ihm freiwillig ausliefern.

UNIVERSALMANN. Sehen Sie, das ging doch ganz leicht. Auf dem Weg in den Raum der Täuschungen reinigen wir uns jetzt; so wie Ingwer essen, um den Geschmack zu neutralisieren, ja, wir sind der Ingwer.

FRAU 1. Wir könnten ein paar Pilates-Übungen machen, um uns zu lockern.

FRAU 2. Ich könnte Ihnen eine Choreographie zeigen, die ich selber erarbeitet habe.

UNIVERSALMANN. Gerne. Machen Sie nur. Es wird nicht leicht, den Weg der Erkenntnis zu Ende zu gehen.

5. Raum der Täuschungen

UNIVERSALMANN. Da haben wir ihn: den Raum der Täuschungen.

FRAU 1. Täuschungen – wie verblendet?

UNIVERSALMANN. So ungefähr. Oder arglistig hinters Licht geführt.

KLAGEWEIB. Das Licht verschwindet. Es wird dunkel, leise Musik. – Was sehen Sie?

UNIVERSALMANN. Nachgeburten, die Karten spielen und dabei Heroin nehmen, Sie sehen Scheißkäfer, die sich mit Hunden paaren. Mit toten Hunden. Babyhunden.

KLAGEWEIB. Contenance!

UNIVERSALMANN. Konfrontationstherapie.

FRAU 1. Da ist eine Ausstellung. Viele Menschen, Frauen mit orangefarbenen Arche-Schuhen. An den Wänden Luc Tuymans. Und neben mir erscheint: PAUL.

UNIVERSALMANN. Guten Abend. Ich heiße Paul und bin Pilot.

FRAU 1. Sagte er, und dann redete er viel. Das kann ich ja mal zusammenfassen:

UNIVERSALMANN. Coelho. Das ist für mich einer der ganz Großen. Grass und Michael Flatley – ganz, ganz groß. Frauen sind ja einfach wirklich klüger als Männer. So die emotionale Intelligenz. Stückweit. Ich liebe es zu tanzen, manchmal, wenn ich im Ausland bin, in Griechenland oder Ghana, einfach bei Volksfesten tanzen, um sich lebendig zu fühlen. Ich bin gern daheim. Und koche. Stellen Sie sich vor, Sie wären bei mir und ich würde Ihnen ein 5-Gang-Menü kochen, erst eine Vinaigrette von pochiertem Huhn, ein Sorbet von Holunderbeeren an Weinschaum, dann ein Fasanenbein im Nektarinenlaibchen, und im Anschluss würden wir tanzen und über Ghana reden.

KLAGEWEIB. Es ist so leicht, eine Frau zu beeindrucken. Es genügt schon, nicht völlig stumm zu sein.

FRAU 1. Im Anschluss an diesen Abend trafen wir uns ab und zu.

UNIVERSALMANN. Ich traf die Frau ein paar Wochen lang. Ohne eine bestimmte Absicht. Sie faszinierte mich. Ich dachte gar nicht weiter darüber nach. Ich habe einfach gehandelt.

FRAU 1. Er war für einen Mann dieses Alters ungewöhnlich, äußerst gepflegt.

KLAGEWEIB. Ab 40 beginnen sie zu riechen. Sie reinigen sich nicht genug, bedenken nicht, dass alterndes Gewebe mehr Pflege benötigt.

FRAU 1. Ich verliebte mich nicht in ihn. Und ich schaute ihn ein wenig leer an, als er nach zwei Wochen zu mir sagte:

UNIVERSALMANN. Ich habe so jemanden wie dich noch nicht getroffen. Es ist, als hätte ich immer auf dich gewartet. Meine Seele fühlt sich zu Hause bei dir.

FRAU 1. Das war mir ein wenig zu viel, wie er sprach, so schnell, als ob ich ihn unterbrechen könnte, um zu fragen:

KLAGEWEIB. Glaubst du, was du da redest?

UNIVERSALMANN. Ich schlief schlecht und hatte Phantasien von der Frau. Ich sah unsere gemeinsame Zukunft. Also, ich sah sie: in Dessous und in der Küche, nackt auf dem Schreibtisch, eine Korsage und eine Plastiktüte auf dem Kopf und ihre Beine und mit Strapsen und unter mir und auf mir.

FRAU 1. Wir trafen uns und gingen spazieren in diversen Naherholungsgebieten. Ich gewöhnte mich an ihn. Zum Verlieben fühlte ich mich zu alt. Es schien mir unangemessen, auf Parkbänken zu sitzen und an fremder Leuts Fingern zu knabbern.

UNIVERSALMANN. Ich war aufrichtig verliebt in die Frau. Stückweit. Also nicht, dass ich mich um sie sorgte oder dass ich mich für ihre Kindheit und ihre Ängste interessierte. Aber ich wollte mit ihr zusammen sein. Ich wollte in ihr sein.

FRAU 1. Irgendwann wurden wir sexuell. In jener Nacht verliebte ich mich. Ich sah ihn an, und er leuchtete auf einmal. Er sagte:

UNIVERSALMANN. Oh, das war, das war so schön. Ich muss aber jetzt ganz schnell weg.

FRAU 2. Das hab ich auch schon mal gehört. Lustig. Genau den gleichen Satz. Aber er war nicht Pilot, sondern Kapitän.

UNIVERSALMANN. Guten Abend, ich bin Paul, und ich bin Kapitän.

FRAU 2. Ja, genau. Ich weiß gar nicht mehr, wie die Geschichte ausging.

FRAU 1. Also er ging dann schnell weg. Ich war traurig. Ich verstand das nicht. Ich dachte, dass er vermutlich verwirrt sei.

UNIVERSALMANN. Nachdem ich die Frau besessen hatte, wurde mir verwirrt. Na eigentlich eher mulmig, na um noch genauer zu sein – ich war total leer.

KLAGEWEIB. Wenn Männer von der Liebe reden,
lauft schnell nur weg um euer Leben.
Was sie mit Liebe meinen, ist
nur sexueller blöder Mist.

FRAU 1. Ich begann zu warten. Ich sagte mir: Ich werd mal weiterleben wie immer, in diesem Zustand freundlicher Rituale, die den Tag vergehen lassen wie eine Stunde, doch es gelang mir nicht. Eine Unruhe war eingetreten, und ich begann nachzudenken, was der Mann denken könnte.

UNIVERSALMANN. Ein paar Tage hatte ich ein schlechtes Gewissen. Ich überlegte, ob ich mich jetzt entscheiden müsste. Und bekam meine Gefühle nicht, ähm, klar. Ich war schon irgendwie verliebt in die Frau, aber ich hatte ja bereits eine, und ich bekam kaum Luft, weil ich nicht benennen konnte, was mir da so zu schaffen machte. Ich bekam Kopfschmerzen.

FRAU 1. Ich wurde ungeduldig, wenn mich Freunde anriefen und die Leitung blockierten, ich war von jedem Morgen enttäuscht, da keine Blumen vor der Tür lagen, am Abend traurig, da er keine Steinchen ans Fenster warf oder Dinge, die in Filmen immer stattfinden.

KLAGEWEIB. Die Filme haben uns wirklich verdorben. Und es geht doch nur darum, 90 Minuten zu füllen. Wären Filme wie die Realität, dauerten sie fünf Minuten.

FRAU 1. Ich dachte, dass er wohl zu schüchtern sei, sich zu melden, oder dass er dachte, sein Glied sei zu klein. Oder dass er sein Handy mit meiner Nummer verloren hätte oder einen Unfall oder …

FRAU 2. Immer wenn sie sich nicht mehr meldeten oder schnell losmussten, wusste ich, dass ich einfach nicht genüge. Ich stellte mich vor den Spiegel und sah: Die Beine waren wie Wasser, wenn das Licht von oben fiel. Die Unterarme machten Wellenbewegungen. Meine Brüste fassten sich an wie diese Gelmasken gegen Augenschwellungen.

FRAU 1. Meine Taille verdiente diesen Namen nicht, die Konturen meines Halses verwischten, und meine Zähne waren schief.

KLAGEWEIB. Entschuldigung, aber da muss ich jetzt mal kurz dazwischen. Wenn Sie sich bitte hinsetzen wollen, ich muss da ein wenig ausholen: Wie ich vorhin bereits erwähnte, funktionieren Beziehungen nur in Abhängigkeiten. In absehbarer Zeit werden die Männer von den körperlich und emotional überlegenen Frauen abhängig sein. Man wird sich einen Mann leisten, wenn man die geeignete berufliche Position hat usw. Der Mann wird für den Erhalt der Rasse nicht mehr zwingend benötigt. In dieser Zeit des Überganges würde ich jeder Frau ab 30 dringend von zu vielen Erwartungen an romantische Beziehungen abraten. Die Männer verweigern sich. Im freundlichsten Fall. Sie versuchen sich an den Frauen zu rächen. Im Normalfall. Sie folgen einem Instinkt. Es geht um das Überleben, und das ist im Fall der Männer stark gefährdet. Ihre Chromosomen, so hat man herausgefunden, verschwinden langsam, denn sie sind sehr anfällig und schwach. 70 % aller Gefängnisinsassen sind Männer, drei Viertel aller erfolgreichen Suizide, 95 % aller tödlichen Arbeitsunfälle sind Männer, die, wenn sie das alles überleben, acht Jahre früher sterben als Frauen. Unter uns, meine Damen, sollte man von so jemandem seine Zufriedenheit abhängig machen?

FRAU 2. Tatsache? Sie sterben aus? Dann muss ich doch noch einen finden, ehe alle weg sind. Ich glaube, ich breche die Sache ab.

FRAU 1. Jetzt bleiben Sie ruhig. Es ist nichts anders geworden da draußen. Die Männer stehen da jetzt nicht demütig rum und denken: Alter Schwede, wir sterben aus, jetzt wollen wir uns noch mal so richtig binden.

UNIVERSALMANN. Nun, es ist Ihre Entscheidung, den Heilungsprozess abzubrechen. Wir hören doch weiter die Geschichte, bitte.

FRAU 2. Na, ich dachte ja nur.

FRAU 1. Da gibt es keine Geschichte. Ich fand seinen Namen neben dem seiner Frau im Telefonbuch. Das ist alles.

FRAU 2. Ich traf meinen Kapitän auf der Straße. Mit seiner Frau. Ja, so hörte meine Geschichte auf. Jetzt ist es mir wieder eingefallen.

UNIVERSALMANN. Nun, können Sie einen Lehrsatz formulieren?

FRAU 1. Nie Piloten?

UNIVERSALMANN. Auch …

FRAU 2. Nie verheiratete Männer?

KLAGEWEIB. Lass dich nie mit einem verheirateten Mann ein. Das geht nur in Filmen gut aus.

FRAU 1. Oder wenn du 23 bist …

UNIVERSALMANN. Verheiratete Männer sind meistens zufrieden. Nur etwas gelangweilt. Ein Mann wird seine Gewohnheiten nur höchst selten aufgeben. Männer haben keine Zivilcourage, und sie hassen Veränderungen. Wiederholen Sie:

FRAU 1. Niemals verheiratete Männer.

UNIVERSALMANN (zu FRAU 2). Und, wollen Sie immer noch gehen? Bitte. Sie können Ihr Leben ändern, oder alles geht so weiter wie bisher.

FRAU 2. Ich weiß es nicht. Ich habe – Angst.

UNIVERSALMANN. Neue Lebensabschnitte machen immer Angst. Kommen Sie, geben Sie mir Ihre Hand. Ich fange Sie auf. Quasi. Lassen Sie uns weitergehen.

6. Raum der Wahnvorstellungen

UNIVERSALMANN. Wir haben hier ein schwieriges, nun ich würde fast sagen, intimes Thema: Das ist der Raum …

KLAGEWEIB. Des Wahhhhns.

UNIVERSALMANN. Der Raum der Wahnvorstellungen.

KLAGEWEIB. Kariert. Schafe mit Rollen an den Tatzen. Eisbein. Duisburg-Marxloh.

FRAU 1. Wie jetzt, Wahn?

UNIVERSALMANN. Einbildungen. Komplette Verwirrungen. Drogen …

FRAU 2. Oh, Drogen, da war was.

UNIVERSALMANN. Ja, lassen Sie es zu …

FRAU 2. Da war Klaus.

KLAGEWEIB. Klaus. Ich dachte, die heißen immer Malte, die mit den Drogen.

FRAU 2. Ich lernte Klaus in einem Café kennen. Er hatte lange Haare und viele Ringe an den Fingern – als er ging, ließ er seine Nummer auf meinen Tisch fallen und flüsterte:

UNIVERSALMANN. Meld dich doch mal. Ich hab da was für dich.

FRAU 2. Ich rief ihn noch am selben Abend an. Also, ich wartete drei Stunden, in denen ich herumlief in der Wohnung, und dann rief ich ihn an. Na, und, was hast du denn?, fragte ich, und er dann:

UNIVERSALMANN. Die Befreiung von deinem alten Ich. Du bist der Gott, das ist das Gesetz.

FRAU 2. Und ich dann: Kannst du ein bisschen genauer werden?

UNIVERSALMANN. Ich habe dich erkannt. Du sehnst dich nach Hingabe. Nach der Überschreitung deiner Grenzen. Du willst Phönix sein, der aus der Asche zum Licht steigt.

FRAU 2. Ja, ich weiß nicht recht, ich muss erst noch meine Wäsche fertig machen. Sagte ich und dachte: Der ist doch nicht ganz gebacken.

UNIVERSALMANN. Ich habe gerade ein Lied geschrieben. Du hast mich inspiriert. Ich sing es dir gerade mal vor:

(Refrain)

WARUM lieber sterben, als mit mir zu sein,
WARUM, sag mal, wirst du lieber alt allein.
Ich werd nun langsam mal die Augen schließen
und spüren, wie die Welt mich so verlässt.
Wenn mein Herz dann still und stiller wird,
sag, dann hältst du mich doch fest.
Der Asphalt nass, dein Mantel ist zu dünn für diese
dumme Nacht.
Mit Kinderschritten läufst du einsam, und
sag, hast du je nur einmal kurz an mich gedacht.
Du in deinem Bett, und an der Decke gelbe Schatten,
du hast so Angst, und ich darf nicht zu dir.
Ich weine um die Nähe, die wir niemals hatten,
bis aufs Blut beiß ich die Hand dann mir.
Ich stehe traurig da im Schutz der Bäume,
so furchtbar nah und weit bist du bei mir.
Willst den Mond für dich alleine, mein Herz?
Mein kleines dünnes, armes Tier,
lässt mich verhungern hier in meinem Schmerz.
Wie dein kleiner Mantel bin stets bei dir,
so rot so rot so wie dein Mantel, so wund ist das in mir.

FRAU 2. Dagegen gab es ja wie nichts einzuwenden. Er wollte noch vorbeikommen.

UNIVERSALMANN. Was dagegen, wenn ich noch mal auf einen Sprung vorbeikomme?

FRAU 1. Oh, wie schrecklich. Dieses Er-kommt-noch-vorbei-Business. Da läuft man dann rum in der Wohnung und zieht sich um, legt die passende Musik auf.

FRAU 2. Ich hatte erst Pere Ubu, aber das war zu unklar. Dann Ministry. Das war zu 80er. Dann einen Gabba-Sampler. Der war zu wenig sexy. Ich habe dann Leonard Cohen genommen. Dazwischen mich immer wieder umgezogen.

FRAU 1. Und schnell die Beine rasiert und die Füße gewaschen, man weiß ja nie.

FRAU 2. Und dann Bücher aufgeschlagen hingelegt. Da wusst' ich ja in dem Fall gar nicht recht. Also, ich hab einen Harry Potter hingelegt und einen Boris Vian und Kafka. Das geht ja bei Männern immer.

FRAU 1. Und Raumspray oder Duftkerzen, und Parfüm an den richtigen Stellen zart aufgetragen.

FRAU 2. Und einen Slip ins Bad gehängt, das soll stimulierend wirken.

FRAU 1. Und dann sitzen und warten, meist viel zu lange, weil, sie kommen immer zu spät, und immer ins Bad und alles nachpudern und richten und sich bloß nicht bewegen, damit der Scheiß nicht in sich zusammenfällt …

FRAU 2. Und dann kam er also, und er war nicht frisch gewaschen und nicht rasiert, und seine Sachen waren nicht besonders gepflegt.

FRAU 1. So kommen sie immer.

UNIVERSALMANN. Ich saß zu Hause, als die Frau anrief. Mein Zuhause war: Scheißkreuze an der Wand, Ketten, um Mädchen daran aufzuhängen, nur da waren keine Mädchen. Ein Steinfußboden, Bücher von Satanisten und Geheimwissenschaftlern, und es war kalt und unaufgeräumt, und ich langweilte mich. Ich habe früher mal in

Bands gespielt, aber die gibt es alle nicht mehr. Dann war ich Tontechniker geworden. So freiberuflich. Aber das lief nicht richtig.

FRAU 2. Ich wusste erst gar nicht recht, was ich mit ihm machen sollte. Leonard Cohen sang, und ich merkte, dass alles falsch war. Ich fühlte mich so, wie man sich fühlt mit dem falschen Menschen, wenn man spürt, da passiert nichts. Da findet einfach nichts statt.

UNIVERSALMANN. Ich redete irgendwas und merkte, dass ich mich in die Frau nicht verlieben würde. Aber ich war seit Jahren nicht mehr verliebt gewesen, und ich hatte auch nichts mehr weiter vor an jenem Abend.

FRAU 2. Klaus erzählte mir von Satanismus und anderen Dingen.

UNIVERSALMANN. Die Teufelsaustreibungen sind heute aktueller als vor 100 Jahren. In Verbindung mit Kinderpornographie und einigen Vorstandsvorsitzenden, die in der Unterwelt wohnen. Man erkennt sie nur an den gelben Overalls, die sie tragen. Wenn da Mittag ist, tönt keine Sirene, sondern eine Truppe Zwergwüchsiger, die nach den Atombombentests in Nevada das Bewusstsein verloren haben und nun Globalisierungsgegner sind …

FRAU 2. Er machte auch Musik und war Sadomasochist, und ich hatte das Gefühl, noch nie einen geheimnisvolleren Mann getroffen zu haben.

KLAGEWEIB. Obacht!

FRAU 2. Klaus besuchte mich jeden Tag, ich dachte, dass er wohl verliebt wäre, und ich begann darum auch, Gefühle zu entwickeln.

FRAU 1. Das kenn ich. Jemanden gut finden. Nur weil er gerade herumsteht.

FRAU 2. Nach einer Woche ging er nicht mehr zu sich nach Hause.

UNIVERSALMANN. Ich wollte noch nie mit einer Frau zusammenwohnen. Aber mit dir ist das irgendwie anders …

FRAU 2. Sagte er. Und es machte mich glücklich, dass ich für jemanden so wichtig war.

UNIVERSALMANN. Es war wirklich angenehm bei ihr. Ich mochte sie sehr. Die Wohnung war warm und der Kühlschrank voll, und ich, ich hatte das Gefühl, ich sei reif für das Experiment NÄHE.

FRAU 2. Wenn ich heimkam, saß er und spielte Gitarre, während ich kochte. Und wenn ich auf der Straße war, dachte ich: Das ist so toll. Ich habe einen Mann. Er ist zu Hause und wartet auf mich. Ich könnte eine Waschmaschine kaufen, dann könnten wir zusammen Wäsche waschen.

UNIVERSALMANN. Wir haben dann zusammen Wäsche gewaschen.

FRAU 2. Irgendwann fing Klaus an sich zu verändern. Er hatte seit langem keinen Job mehr gehabt. Und wenn ich heimkam, waren die Aschenbecher immer voll, und er saß vor dem Fernseher. Er sagte dann:

UNIVERSALMANN. Ich habe gerade eine kleine Pause gemacht.

FRAU 2. Er war sehr kreativ. Also, er schrieb ein Buch und komponierte, und dann fragte ich ihn, wovon sein Buch handeln würde, und er sagte:

UNIVERSALMANN. Das Geheimnis der Stirn steht im Zeichen NUN, welche die Vollendung des Sajin bildet, manchmal im Geheimnis des Zeichens enthalten, manchmal gesondert für sich. Solange die Knochen im Grabe sind, ist auch Nefesch dort. Du magst aber einwenden, wenn Nefesch zur Ruhe kommen konnte, im Körper, der im Grab liegt, was hat sie dann mit dem Grabe zu tun?

KLAGEWEIB. Das ist der Sohar. Aber den gibt es schon.

FRAU 1. Madonna macht ja auch Kabbala. Und Britney Spears. Die machen das so in Wochenendkursen.

FRAU 2. Leider hatte er keinen Erfolg mit allem, was er tat.

UNIVERSALMANN. Ohne Beziehungen kannst du es einfach vergessen. Die haben Angst, Angst vor wirklicher Qualität. Scheißmittelmaß. Du als Frau hast es da viel einfacher.

KLAGEWEIB. Generell nicht ernst genommen zu werden, von Geburt an minderwertig, sozusagen – erleichtert einiges.

FRAU 2. Aus den Zigaretten wurde Hasch, und er hatte immer rote Augen und sprach schleppend, dann nahm er Pillen und Kokain, und ich bezahlte das, weil es gut für seine Kreativität war. Er zog den Pyjama nicht mehr aus, und zusammen geschlechtlich waren wir nicht mehr.

UNIVERSALMANN. Ich bewundere dich viel zu sehr, um solche banalen Dinge mit dir zu tun.

FRAU 2. Sagte er. Und irgendwann tauchte dann Udo auf, das war ein Freund von Klaus, und dann saßen die beiden in meiner Wohnung und rauchten, und wenn ich heimkam, vom Arbeiten, und müde war, wollten die noch mit mir reden, und dann nahm ich auch Drogen, damit ich noch reden konnte.

KLAGEWEIB. Manisch-depressiv ist der natürliche Zustand des Mannes.

FRAU 2. Irgendwann war Klaus weg und Udo da. Da nahm ich aber schon viele Drogen und wunderte mich kaum darum.

FRAU 1. Udo hatte Probleme. Mit der Steuer, mit den Drogen, mit allem. Er war Fotograf, sagte er.

UNIVERSALMANN. Aber in den Scheißmagazinen gibt es ja keine Reportagen mehr. Nur noch Infokästen und Fast Food. Ohne Beziehungen kommst du da nicht weiter, und ich mach das nicht. Ich prostituiere mich nicht. Du als Frau hast es da leichter.

FRAU 1. Er sagte mir in der zweiten Nacht:

UNIVERSALMANN. Du mal ehrlich: Fall bloß nicht auf mich rein und fang zu leiden an, du hast etwas Besseres verdient.

FRAU 1. Ich sagte: Ach, das ist schon in Ordnung. Und verliebte mich und begann dann zu leiden. Und dachte:

KLAGEWEIB. Mit der Zeit wird er mich lieben lernen … Kreischendes Gelächter.

FRAU 2. Am besten, das muss mal gesagt werden, geht es mir eigentlich, wenn ich nicht verliebt bin.

FRAU 1. Wenn ich nach Hause kam, lag er meist auf meinem Bett mit seinem Hund und schlief. Ich nahm dann auch Drogen, um ihm nah zu sein. Irgendwann waren wir beide voll mit Pillen und Dingen und gingen in einen Swingerclub.

FRAU 2. Ich habe keine Ahnung mehr, wie ich in den Swingerclub geraten war. Vielleicht war es einfach Verzweiflung.

FRAU 1. Ich bin mit ihm in den Club gegangen, weil ich dachte, ich könnte ihn durch meine Unkompliziertheit von mir überzeugen. Alle Klischees, die man hat von so einem Ort, sind wahr. Aber es ist noch viel schlimmer, denn die Kälte, die widerwärtige Verzweiflung, die kann man sich nicht vorstellen.

FRAU 2. Nach dem Abend, den ich mit der Beobachtung fremder Menschen, die sich nackt anfassten, verbracht hatte, dachte ich: Weiter runter geht es jetzt nicht.

KLAGEWEIB. Swingerclubs sind eine Erfindung der Männer. Die würden sich zu Tode kopulieren, würden die Frauen ihnen nicht Einhalt gebieten.

FRAU 2. Nach diesem Abend dachte ich, dass ich etwas ändern müsste. Aber ich hatte keine Ahnung, was.

FRAU 1. Als ich heimkam, saß ich an meinem Küchentisch so wie ein Jahr davor und noch ein Jahr davor.

UNIVERSALMANN. So, das sind ja sehr schöne Schlussworte. Haben wir etwas gelernt?

FRAU 1. Nie mehr Swingerclubs.

FRAU 2. Nie mehr Drogen.

UNIVERSALMANN. Und nie mehr Männer, die nicht für sich selber sorgen können. Die wollen keine Frau, die wollen eine Mutter. Ich denke, wir sind nun bereit für die letzte Etappe unserer inneren Reise.

KLAGEWEIB. Wir müssen uns ein wenig beeilen, es ist gleich Mitternacht.

7. Raum der traurigen Arrangements

UNIVERSALMANN. Sie denken sich vielleicht: Nun haben wir aber alles durch.

KLAGEWEIB. Mehr Elend geht nicht.

UNIVERSALMANN. Aber es geht immer noch schlimmer. Immer noch trostloser. Wir sind hier im Raum der traurigen Arrangements.

KLAGEWEIB. Kleinfamilien. Parkettlaminat. Bach hören. Spiegel lesen.

FRAU 1. Wow, ich bin grad super in Fahrt.

UNIVERSALMANN. Also bitte: Erinnern Sie sich. Lassen Sie es zu. Und so weiter.

FRAU 1. Ich war allein übergeblieben. Ich merkte, dass ich noch nicht einmal mehr von irgendwem in Ruhe gelassen wurde. DA WAR KEINER MEHR. Und ich auf dem besten Weg, eine dieser Frauen zu werden, die immer sagten: Man muss doch positiv denken, und die ins Theater gehen, zusammen mit einem Abonnement.

UNIVERSALMANN. Ich wollte immer meine Ruhe. Nach der Schule habe ich Einzelhandelskaufmann gelernt. Ich habe mich unwohl gefühlt in dem Neonlicht da. Aber ich hätte nicht zu sagen gewusst, wie es mir hätte wohler sein können, und ein Beruf war ja auch nicht zum Spaßhaben da.

FRAU 1. Freundinnen hatten mir erzählt, dass es einem nach den Wechseljahren besser gehen würde. Das sexuelle Begehren würde weniger, die Ruhe größer. Ich freute mich darauf. Doch ich hatte vielleicht noch zehn Jahre vor mir mit dieser biologischen Unruhe.

FRAU 2. Ich sah keinen mehr, der mir gefiel. Ein dauernder Sonntag. Und ich dachte: Ein Körper, der nicht ab und an gehalten wird, ist nur ein verpackter Verdauungstrakt. Aber es fasst keiner mehr einen an heute. Das bezahlt einem ja auch keiner.

FRAU 1. Alles würde so weitergehen. Die Abende mit netten DVDs und goldenen Galerie-Eröffnungen.

KLAGEWEIB. Und die Einladungen des Goethe-Instituts.

FRAU 1. Ich bin gepflegt und kann mich beschäftigen, ich bin nicht einsam, ich kenne viele Erwachsene mit spannenden Berufen, ich esse gute Sachen, ich langweile mich selten, ich liebe Musik, ich kann mir alles leisten, was ich will. Aber Scheiße, ich weiß nicht, was ich will.

UNIVERSALMANN. Mein Ausbildungsbetrieb übernahm mich. Ich wohnte zur Miete, abends und am Wochenende habe ich gelesen oder ferngeschaut. Ich hatte nie Freunde. Ich war nie einer, der Frauen ein Lächeln hatte entlocken können durch seine bloße Erscheinung.

FRAU 1. Ich suchte nach einem Zufall. Nach einem Schicksal. Nach etwas, was mir einen Anlass gab, aus etwas auszubrechen, was ich vielleicht gar nicht verlassen wollte. Ich fand Rüdiger.

UNIVERSALMANN. Ich lernte im Museum eine Frau kennen. Van Gogh und so weiter. Ich war da, weil Sonntag und sonst nichts war. Und ich hatte doch meinen Job verloren. Und die Frau sprach mich an.

FRAU 1. Van Gogh. Ich finde ihn überschätzt.

UNIVERSALMANN. Ich mag Bilder, auf denen man etwas erkennt.

FRAU 1. Interessant. Trinken wir einen Kaffee?

UNIVERSALMANN. Ich wusste wirklich nicht, was die Frau von mir wollte. Es klingt zwar ein wenig unglaubwürdig, aber bis dahin war ich nur mit drei Frauen zusammen gewesen. Also, auch nicht richtig zusammen. Eine war eine Prostituierte. Den anderen gab ich nur so ein wenig Geld.

FRAU 1. Ich redete zu dem fremden Mann um mein Leben. Ich war den ganzen Sonntag durch nasse Straßen gelaufen, und dann hat er vor mir gelegen, wie ein Hund.

UNIVERSALMANN. Die Frau redete viel, und mir fiel nichts ein. Wir tranken Kaffee, der war kalt. Dann gingen wir zu ihr.

FRAU 1. Ich nahm ihn mit nach Hause, diesen Mann, und dachte, dass es vielleicht möglich wäre, ihn einfach zu behalten.

UNIVERSALMANN. Ich saß in der Wohnung der Frau und verstand nicht, was sie von mir wollte. Eigentlich wäre ich lieber gegangen. Aber ich wusste nicht wohin.

FRAU 2. Das ist alles so ernüchternd. Ich habe immer gedacht, dass nur ich keinen Mann habe, dass nur ich alles falsch mache. Aber ich glaube unterdes, die Zeit ist falsch.

FRAU 1. Irgendwann haben wir uns umarmt. Wir haben uns festgehalten. Das war der schönste Moment seit langem. Einen Menschen halten und fühlen, dass er lebt.

UNIVERSALMANN. Später gab es Schnittchen und Wein und ein Bett. Ich versuchte, mit der Frau zu schlafen. Das ging nicht. Sie machte mir Frühstück am nächsten Morgen. Wir redeten nicht viel. Und am Abend sahen wir uns wieder, auch den Abend darauf.

FRAU 1. Ich war überzeugt davon, dass man eigentlich jeden lieben, mit jedem leben konnte, wenn man weise genug war, keine Wunder mehr zu erwarten.

KLAGEWEIB. So ein netter Mann. Fragen Sie mal in zwei Dritteln der restlichen Welt. Die Frauen würden tanzen vor Freude mit einem Mann, der nicht trinkt und sie nicht schlägt. Apropos tanzen. Ich könnte schon wieder.

FRAU 1. Ich ignorierte, dass er mich ein wenig langweilte und mir seine Trikotagen nicht gefielen, dass er mich nicht entzündete und nichts von dem mochte, was mir bis dahin wichtig schien. Aber wen interessierten schon Kunst und Filme und Bücher und Musik. Das waren Hintergrundgeräusche.

UNIVERSALMANN. Ich ging jeden Tag zu der Frau. Und ich gewöhnte mich an sie. Ich verstand nichts von dem, was sie tat. Sie roch gut und war freundlich.

FRAU 1. Ich kleidete ihn ein, schenkte ihm ein neues Parfüm. Es war wunderbar, keine Angst vor einem Mann zu haben, dachte ich und ging mit Nachtcreme und Lockenwicklern zu Bett, wenn er da war.

KLAGEWEIB. Für mich klingt das gut.

FRAU 1. Je länger ich mit ihm zusammen war, umso mehr glaubte ich, es herausgefunden zu haben, das Geheimnis der großen Liebe: Es war, nicht verliebt zu sein. Es war: ES ZU WOLLEN.

UNIVERSALMANN. Sie nannte mich: mein Mann, und mir wurde fast übel vor Stolz. Ich traute mich nicht viel zu reden, damit sie nicht merkte, dass da keine großen Gedanken waren in mir.

FRAU 1. Ich begann ihn: meinen Mann zu nennen.

KLAGEWEIB.

Ich dachte, diesmal mach ich alles anders,
ich wollte nicht mehr weinen in der Nacht.
Ich habe dich sehr nett gefunden,
du hast auch immer Blumen mitgebracht.
Ich habe mich für dich entschieden,
weil ich nicht mehr an Wunder glaub.

Ich werde lernen, dich zu lieben,
und kann gut schlafen nun bei Nacht.

(Refrain)
Es ist so einfach, unser Leben,
ruhig und still vergeht es schnell.
Fragt mich wer, sag ich, *mein* Mann ist eben,
ist eben einfach sensationell.
Wir können wunderbar zusammen schweigen,
wir können leben wie allein.
Manchmal stellt sich für paar Sekunden
so eine kleine Trauer ein.
Ich sammle mich und schau ins Licht,
und an Wunder, an Wunder glaub ich nicht.

Man soll von Liebe nicht zu viel erwarten,
das ist doch alles freundlich nun.
Wir sind so höflich miteinander
und lassen uns so gut in Ruh.
Was ich auch will, ich kann es tun.
Reichst du mir bitte mal die Butter,
wir sollten noch zu deiner Mutter.
Wann kommst du morgen Abend heim,
ich bin so gern mit dir allein.

So sind wir langsam alt geworden,
die Freundschaft ist das höchste Gut.
Ich höre deine schweren Schritte in der Wohnung
und bekomm mitunter eine leise Wut.
Wie du läufst und wie du schaust
und wie du einen Apfel kaust.
Ich würde dich so gern erschlagen,
glaub, ich kann es kaum ertragen.
Doch dann seh ich dir freundlich ins Gesicht und weiß,
für mich sind Wunder nicht.

FRAU 1. Ich wollte ihn heiraten, um mich zu fixieren. Es ist so gut, dass ich über dieses alberne Thema nicht mehr nachdenken musste, sagte ich ungefragt zu Bekannten, und berichtete jemand von einer großen Verliebtheit, verdrehte ich dazu die Augen – und die Knie schliefen mir ein vor Langeweile.

FRAU 2. Ja, nach Liebe sehne ich mich eigentlich nur, wenn ich mich langweile. Sonst hab ich ja zu tun.

UNIVERSALMANN. Ich wollte so gerne mal mit ihr in Urlaub fahren. Ich dachte so, in einem Urlaub würden wir uns besser kennen lernen. Ich hatte sie sehr gern.

FRAU 1. Wir sind dann auf eine Insel gefahren. Es war zu heiß, hell. Einmal nachts gingen wir in den Whirlpool. Ich stand in etwa so da, wie ich dachte, dass man in einem Film jetzt stehen würde, auf einer Insel am Whirlpool mit dem Geliebten. Ich stand wie eine Statue, bis ich dachte, ich würde mich nie mehr bewegen können. Ich wollte mich nie wieder bewegen. Ich wollte nicht mehr da sein vor unendlicher müder Langeweile.

UNIVERSALMANN. Nach dem Urlaub verließ sie mich. Ich habe keine Frau mehr gefunden seit damals.

KLAGEWEIB. Da fällt einem dann wirklich nichts mehr ein.

FRAU 2. Ich glaube, ich will gar nichts mehr.

UNIVERSALMANN. Das ist der entscheidende Satz.

KLAGEWEIB. Leise Harfen. Räucherstäbchen.

UNIVERSALMANN. Nun werden Sie nie mehr etwas anderes lieben als sich selbst. In Ihnen herrscht eine wunderbare goldfarbene Leere. Schließen Sie die Augen. Wiederholen Sie für sich, was Ihnen an Einsichten geblieben ist.

KLAGEWEIB. Leise Harfen. Wildes Zupfen an einer Saite. Nackte Harfenistin.

FRAU 2. Nie zu junge Männer oder zu alte oder gleichaltrige. Nie Männer mit Potenzproblemen, mit Fixierungen auf die Mutter, mit Abszessen, mit Hautkrankheiten, mit zu viel oder zu wenig Erfolg, mit Kindern, mit Exfrauen, mit braunen Halbschuhen, nie Verwaltungsangestellte, Schauspieler, Fußballer, nie Männer aus Medienberufen oder aus Banken, aus Konzernen, nie Rockstars oder Konzeptkünstler, nie Männer mit nur einem Bein oder zweien oder Glatze oder langen Haaren.

UNIVERSALMANN. Sehr, sehr schön, weiter, was keimt in Ihnen, welches Begreifen?

FRAU 2. Da wird keiner mehr kommen und mit mir alt werden.

FRAU 1. Keiner, mit dem ich lachen kann und dem ich meine Lieblingsplätze zeigen darf.

FRAU 2. Niemand, den ich wärmen und dem ich vorlesen kann.

FRAU 1. Ich werde immer so weiterleben wie bis jetzt.

FRAU 2. Nur werde ich nicht mehr denken, dass es irgendwann anders wird.

UNIVERSALMANN. Ja, sehr gut, sehr gut. Und was fühlen Sie jetzt?

FRAU 1. Es ist wie ein Nachmittag am Meer. Alle Familien sind schon im Hotel, ein paar leere Flaschen liegen da, die Möwen schreien.

FRAU 2. So ein Gefühl, wie nachdem ein Flugzeug in Turbulenzen war, und man realisiert danach, dass man doch nicht abgestürzt ist.
(Glocken)

UNIVERSALMANN. Hören Sie: Es ist Mitternacht. Ein neues Jahr beginnt. Und Sie betreten es geheilt und zufrieden.

FRAU 2. Ich fühle mich gut. So leer.

FRAU 1 Und schon bald wird wieder Herbst sein.

KLAGEWEIB. Ich verrate Ihnen jetzt ein Geheimnis. Ich war wie Sie. Dann habe ich den Kurs gemacht, vor einigen Jahren. Es hat sehr, sehr geholfen. Ich bin heute geheilt.

Ich habe hier ein paar schwarze Sachen bereitgelegt, die können Sie mal anprobieren. Nur so als Vorschlag.

(Klageweibverwandlung)

UNIVERSALMANN. Sie sind geheilt. Ich geh jetzt Bierchen trinken.

WÜNSCH DIR WAS!

Broadwaytaugliches Musical

Personen

GOTT/PUDEL
BUDDHA
ELOHIM
ALLAH
MARIA
RALF, DER BÖSE
PATRIK
NICOLE / DAS MÄDCHEN
AMEISENBÄR 1
AMEISENBÄR 2
AMEISENBÄR 3

1. In Heaven.

(Auftritt der drei Götter. Sie trinken und spielen Croquet.)

BUDDHA, ELOHIM, ALLAH *(singen)*.
Wenn ich die fünf Tibeter mache,
mit einem Glas in meiner Hand,
beim Studium der Welt laut lache
ob diesem wilden, wüsten Tand,
wenn ich dran denke, wie's gedacht war,
mit Bergen, Wiesen, Menschen achtbar,
schau nur den Scheiß, dann wird dir klar:
Ich bin im Himmel – wunderbar!

Wenn ich ihr Jammern hör,
weil sie die Hölle sich gebaut,
weil sie in ihrem Dreck versinken,
mit Karzinomen auf der Haut,
wenn ich sie seh, die Brühe trinken
und wie sie mehr als Schweine stinken,
dann ist die Sache wirklich klar:
Ich bin im Himmel – wunderbar!

(Refrain)
Wir trinken Cognac schon am Morgen,
wir haben keine Sorgen.
Essen Toast mit Enteninnerein.
Wir spielen Croquet bis zum Abend,
der kommt immer kühl und labend.
Wer will da nicht im Himmel sein?

Wenn ich nur an sie glauben könnte,
dann würde ich vielleicht aktiv.
Dass doch irgendetwas löhnte,
doch zu spät ist's definitiv.
Sie essen Pansen, Kröten, Schweine,
sie brechen Kindern ihre Beine.
Der Mensch ist Dreck und uns ist klar:
Wir sind im Himmel – wunderbar!

BUDDHA. Noch jemand ein Schlückchen Ruby Red, meine Herren?

ALLAH. Großes Gerne.

BUDDHA.

Tue stets das Gute,
tue niemals Böses,
halte deinen Geist rein und unbefleckt.
Das haben uns alle Buddhas gelehrt. Prost!

ALLAH. Le Chaim auf unsere kleinen Stöpselhunde!

(Das Croquet-Besteck wird ausgepackt.)

ELOHIM. Sie haben den Anschlag, verehrter Freund. Ich denke gerade an den Satz, den mein Geschöpf Aristoteles beiläufig ausgesprochen hat: Quod dolore vacat, non quod suave est, persequitur vir prudens.

BUDDHA. War der auch Jude?

ELOHIM. Selbstredend.

BUDDHA. Die Auffassung, dass alles seit Anbeginn den höchsten Grad an Vollkommenheit besitzt, beruht auf der Erkenntnis, dass die wesenhaft vollkommne Welt identisch ist mit der Welt des Gelingens und Misslingens, des Geborenwerdens und des Sterbens …

ELOHIM. Die zunehmende Einsamkeit des Menschen der Jetztzeit beruht zu großem Maße auf der individuellen Überschätzung des eigenen Marktwertes, des Sozialstatus und des Aussehens.

ALLAH. Die vermeintliche Überlegenheit, geboren aus übermäßigem Medienkonsum, Therapiesitzungen und dem Umstand, dass es scheinbar nicht mehr viel bedarf, um zu einem Star zu werden, führt zu einer Stagnation der eigenen Entwicklung.

BUDDHA. Wozu sich pflegen, lernen, weiterentwickeln, wenn man sich vollkommen wähnt? Dummheit ist die Akzeptanz des Status quo, das vermeintliche Wissen um die eigene Perfektion. Das hilft niemandem.

ELOHIM. Er wird aufwachen, der Größenwahnsinnige, in einer mäßig attraktiven Wohnung, mit einem mäßig interessanten Beruf und einem uninteressanten Leben, alt sein, sich betrogen fühlen und sterben.

ALLAH. Wie sie einander gleichen, in ihren kleinen Träumen und Sehnsüchten, Ideen und dem Aussehen, wenn sie das akzeptierten, sich als Teilchen eines großen Ganzen begriffen, mit einer sehr begrenzten Haltbarkeitsdauer, könnten sie erleichtert aufatmen, dankbar sein, irgendeinen Menschen zum Teilen der Nichtigkeit finden, sich nicht zu wichtig nehmen, und die Welt wäre ein erfreulicherer Ort.

BUDDHA. Apropos erfreulicher Ort, wo ist eigentlich Gott?

ELOHIM. Gott ist tot.

ALLAH. Nietzsche war jüdisch, nehme ich an?

ELOHIM. Selbstredend.

BUDDHA. Gott ist in letzter Zeit meist bei den Geschöpfen. Er beobachtet sie und scheint mir – fassungslos.

ELOHIM. Gar nicht gut. Da braut sich irgendwas zusammen. Ich habe so ein schlechtes Bauchgefühl.

ALLAH. Bauchgefühl, soso.

ELOHIM. Lassen Sie uns unser Spiel unterbrechen, meine Herren, ich denke, wir sollten Gott im Auge behalten.

2. Bei den Geschöpfen. Familiengeschichten. Das Elend.

BUDDHA. Das ist die Nicole.

NICOLE *(singt)*.

Elend, das Elend, das Elend, das Elend,
das Leben wäre nicht so schwer,
wenn da nicht das Elend wär.

ALLAH. Boooahhhhhh, alter Schwede, da ist ja Stimmung …

BUDDHA. Das ist der Patrik.

PATRIK. Ich bin der Patrik. Meine Mutter Heidi war eine einfache Frau. Sie hatte geheiratet, weil die Regel ausblieb, und dann fand sie sich wieder in einem Haus, Erdgeschoss, vierspurige Straße, der Mann war auf Schicht, und Freunde gab es nicht, weil sie nie gelernt hatte, sich welche herzustellen, und so sah sie aus dem Fenster und die Laster an und hoffte, einer raste einmal in ein Haus, vielleicht in ihres.

AMEISENBÄREN 1, 2, 3.

1. Als der Laster in das Kinderzimmer raste,
2. war der kleine Peter –
3. gottlob schon lange tot.
1. Dass die so empfindlich reagieren, wenn sie nichts zu essen bekommen.

PATRIK. Mein Vater Kurt war ein einfacher Mann. Er liebte Ordnung und Pünktlichkeit, sein Bier, und ab und an gab er Heidi eins in die Fresse. Normal. Nach seiner Entlassung verkam Vater, er trank, trug die Kittelschürzen meiner Mutter, kochte Fleisch und wischte sich die fettigen Hände, die so verkrampft waren vom übermäßigen Alkoholgenuss, an den Flanken. Das Einzige, was ein Mensch verdauen kann, ohne dass sich in seiner Galle giftige Lake bildet, ist gekochtes Fleisch, sagte mein Vater. Und: Wenn ich esse, geht was. Sagte meine Mutter.

Meine Eltern strichen ständig um einen Topf mit gekochtem Fleisch herum, davon aßen sie, damit was ginge. Sie kamen um, als mein Vater vergaß, den Gasofen zu entflammen.

NICOLE. Ich bin die Nicole. Meine Mutter war Nachtschwester, glaube ich. Sie trug so eine kleine Uniform. Aus Lackleder. Oft waren Männer bei ihr. Verschiedene Ärzte, glaube ich. Mutter starb, als sie aus dem Fenster flog, nachdem ein Nachbar das Gas angelassen hatte, aber vermutlich, um in einem Kometenschweif in ein besseres Leben zu gehen.

(singt)

Fliegen in ein neues Land,
komm mit mir,
Gott gibt mir seine Hand.
Komm mit mir,
um zu fliegen, um zu wissen, zu erkennen,
komm, flieg mit,
ich halte dir.

PATRIK. Wir trafen uns in einer Hinterbliebenen-Gesprächsgruppe für Explosionsopfer und sind jetzt seit drei Jahren verheiratet, die uns wie hundert erscheinen.

NICOLE. Wir sitzen wirklich an einem Küchentisch und essen Fertiggerichte und hören, wie der andere schluckt, und es tickt keine Uhr.

Da ist ja alles falsch gelaufen, bei jedem.

Einsam sind wir immer. Weil der andere nicht will. Weil er sich nicht binden kann oder gerade in Trennung lebt oder eine schlechte Kindheit hatte. Oder er will, und dann – na, danke: Wie er isst und wie er geht und was er sagt und wie UNAUFMERKSAM, wie ignorant, verletzend und grausam kann das denn sein. Nie hört er zu, schaut er hin oder im richtigen Moment weg. Dann kommt das Kind. Da hat man keine Zeit für sich, der

Mann geht fremd, die Stillgruppe ist unzumutbar, das Kind nimmt Drogen oder keine, auf jeden Fall ist es NIE DANKBAR genug. Wenn man nicht arbeitslos ist, ist der Chef unfähig, das könnten wir besser, tun wir aber nicht, weil wir gemobbt werden oder Frau sind oder Mann, und das ist ja auch alles ein Problem. Männer weinen in Männergruppen, Frauen beten für den Papst. WAS TUN WIR DA NUR ALLE?
Wie kann man leben und sich der Vergänglichkeit wirklich bewusst sein? Das geht doch nur mit Verdrängung, sonst würde man das Bett doch nicht mehr verlassen. Wir müssen dem Mist eine Chance geben, den Nichtigkeiten eine Bedeutung, weil wir sonst vor Angst erstarren würden. Jeder lebt in seiner Welt. In der Luderwelt, in der Vertreterwelt, in der Welt der Prostituierten, der Großunternehmer, der Wackelenten, und keine berührt sich mit einer anderen. Jede scheint uns die einzig wahre. Was aber, wenn wir in einer anderen Welt viel glücklicher gewesen wären? Keine zweite Chance gibt es. Das lässt einen doch ganz starr werden von Zeit zu Zeit. Sitzen, in den Himmel stieren und auf Humor hoffen, der über einen kommt und einen lachen lässt über Unbill und Quatsch, der Leben ist. Was kann man tun, mit dieser Traurigkeit im Bauch, die jeden Tag mit einem spazieren geht. Lächeln und alles richtig machen. Alles so gut machen, wie es eben geht. Wozu? Nein, es macht alles keinen Sinn, sosehr jeder auch danach suchen mag. Das Leben sind keine kleinen Momente, es ist ein großer Mist.

ELOHIM. Uiiii, haben wir Bourdieu gefrühstückt …

ALLAH. Ach schaut mal, wer da kommt.

BUDDHA. Voilà, hier kommt Gott.

3. Voilà, hier kommt der Gott.

(Gott kommt in Gestalt eines Pudels.)

PATRIK. Sieh mal, ein Pudel.

NICOLE. Hast du den reingelassen? Du weißt doch, ich hasse Hunde seit …

PATRIK. Der ist doch reizend, so als Tier. Er könnte unser Leben beleben … Quasi.

NICOLE. Mich belebt nichts mehr.

PATRIK. Wir sind das neue Elend. Der verarmende Mittelstand. Wir sind gut ausgebildet, jung, dynamisch, wir haben Umhängetaschen und Turnschuhe, und keiner benötigt unsere Fachkompetenz!

NICOLE. Ich habe alles voller Schwangerschaftsstreifen. Dabei war ich nicht mal schwanger.

ALLAH. Obacht, da ist von Schwangerschaft die Rede. Hoffentlich hat SIE das nicht gehört.

(Die Tür von Marias Haus geht auf. Man sieht die UNGEBORENEN KINDER *in ihren Gläsern. Sie singen im Chor.)*

Aus dem Fenster geschaut, und da ist Regen
und andere Häuser.
In die Wohnung geschaut, da ist ein Mann,
sehr gelb.
Da ist die Haut, sehr welk,
und mein Gehirn, das nichts Großes versteht,
und kein Spaß, den ich habe,
und nichts Wildes, nichts Wildes passiert, außer Regen,
mehr Bewegung geht nicht,
außer Regen,
mehr Bewegung geht nicht.

BUDDHA. Zu spät!

MARIA. Schwangerschaftsstreifen würde ich mit großem Hallo willkommen heißen. Hier steckst du also.

PUDEL. Was willst du?
MARIA. Mein Eisprung!
PATRIK. Ihr Tier?
NICOLE. Der Hund redet.
MARIA. Das ist auch das Einzige, was er kann. Sie entschuldigen uns.
(Sie nimmt den Pudel vor die Tür.)

4. Maria und der Pudel vor der Tür.

PUDEL. Wie kannst du es wagen, mich vor den Geschöpfen so zu behandeln.
MARIA. Der Herr hat Sorge um seine Autorität. Und das in einem Dackelkleid.
GOTT. Pudel, mein Schatz, Pudel!
MARIA. Während du auf Zoosex machst, sitze ich zu Hause und verschwende meine besten Jahre.
MARIA *(singt)*.
Jeden Morgen um halb acht
habe ich die Nacht verbracht.
Mit Stöhnen, Wälzen, Einsamsein,
auf Dornenlager und allein.
Ich werde nirgends eingeladen,
aus meinen Ohren kommen Maden.
Als alte Jungfer grob verlacht,
auf dunklem Weg zu Fall gebracht.
Hab den Messias nicht empfangen,
werd nicht ins Guinnessbuch gelangen.
Ich bin so nütz wie toter Fisch!
Ach, großer Herr, erlöse müsch!
PUDEL. Es gibt Aufgaben, die größer sind als du.
(singt)

Wie sie fressen, saufen, raufen,
wie sie abends sich besaufen,
wie sie betrügen, händeln, stehlen,
wie sie mit Gestohlnem hehlen!

Wie sie raffen, horten, töten,
wie sie schrein, wenn in Nöten,
nach dem Vater – meint: nach mir!
Ich könnt grade kotzen hier!

Wie sie ficken, schlagen, raufen
und bei Lichte sich besaufen,
wie sie hässlich sind bei Nacht,
und noch schnell ein Kind gemacht.

Wie sie das dann hungern lassen,
wie sie selber sich doch hassen,
brennen, vögeln, dumm im Kopf.
Ich pack die Sache jetzt beim Schopf.

In sieben Tagen sind sie tot,
vergessen ist die ganze Not.
Ich lege mich dann auch zur Ruh.
Was ich im Arm hab, bist dann du!

MARIA.
Bevor ich den Messias gebär,
ist mir das zu viel der Ehr.
Ich will noch nicht die Tuben stopfen,
die Plazenta trocken klopfen.
Zum Gebären bin ich hier!
Nimm mich jetzt, mein Gott, mein Stier.

PUDEL.
In sieben Tagen sind sie tot,
vergessen ist die ganze Not.

MARIA. Die Welt erbauen und zerstören. Die großen Würfe. Aber im Kleinen hast du jämmerlich versagt.

PUDEL. Ich gehe.

MARIA. Du gehst jetzt nicht!

PUDEL. Ich geh jetzt!

MARIA. Ich will gebären!

PUDEL. Kauf dir ein Plazenta-Eis und lass mich meine Arbeit machen.

5. Die Götter haben ein Problem.

BUDDHA. Was hat er gefaselt mit der Welt und Vernichtung? Hat einer von Ihnen zugehört?

ALLAH. Ach, der macht doch bloß seine Pudelnummer.

MARIA. Meine Herren.

ALLAH. Och nöö, 'ne.

MARIA. Ich würde gerne mal mit Ihnen über Gott sprechen.

ALLAH. Den hab ich irgendwo schon mal gehört …

MARIA. Er will SEIN WERK vernichten!

BUDDHA. Hab ich doch gesagt – er dreht durch.

ALLAH. SEIN WERK? Christliche Überheblichkeit!

ELOHIM. Klingt irgendwie nicht gut. Noch jemand einen Ruby Red?

MARIA. Sie erfassen den Ernst der Lage nicht. Er wird mit Hilfe von Ralf die Welt vernichten, mit allem, was darauf ist. Er scherzt nicht. Ich kenne ihn.

ELOHIM. Humor war nie seins.

ALLAH. Ist ja auch kein Jude, was?

BUDDHA. Contenance, meine Herren. Wir scheinen ein Problem zu haben. Und Sie, Weib, erklären uns: Was für einen Sohn hat er? Sie haben doch nie geboren.

ELOHIM. Seien Sie doch nicht so unsensibel.

MARIA. Ralf ist adoptiert. Er ist das BÖSE!

ALLAH. Spricht da nicht ein wenig die Stiefmutter aus Ihnen?

MARIA. Reduzieren Sie mich ruhig auf meine Gebärfähigkeit, wenn Ihnen das weiterhilft. Ralf kauft den Geschöpfen ihre Seelen ab. Noch sieben Seelen, und dann wird Gott die Welt zerstören.

ALLAH. Noch sieben?

MARIA. Noch sieben!

BUDDHA. Sieben?

MARIA. Sieben!

ELOHIM. Sieben, meinen sie?

MARIA. Wenn ich sieben sage, mein ich sieben! Und zwar ab heute!

ELOHIM. Wenn er alles auslöscht, müssen wir wieder von vorne beginnen.

BUDDHA. Bronzezeit, Mittelalter, die Jakobiner, Maschinenstürmer, Spiegel, LA Crash, Brokeback Mountain – Attac, Beigbeder, Anastacia, schadstofffreie Yogamatten, Müll trennen – noch mal der ganze Quatsch. Mir schlafen glatt die Knie ein!

ELOHIM. Dieser Montag könnte ein schwarzer der Geschichte werden.

(Götterstep)

BUDDHA, ALLAH, ELOHIM *(steppen und singen).*

Der Kopf so schwer, der Leib so alt,
ein neuer Tag, und er ist kalt.
Du liegst auf deinem Tisch herum und fragst,
wann ist das Leben endlich um?
Dann fliege ich an dir vorüber
und sing – oh Mann – du bist hinüber.
Schlag mit dem Beil das Köpfchen weg,
das ich dann in ein Tütchen steck.
Du jubelst und bedankst dich fein,
und schau, so schön,
ja schau, so schön,
so schön kann Montag sein.

BUDDHA. Meine Herren, unser Tanz ist über jeden Zweifel erhaben.

ALLAH. Ein bisschen Dynamit, und er kommt wieder zur Vernunft …

BUDDHA. Ist schon gut. Hat jemand einen anderen Vorschlag?

ELOHIM. Psychoanalyse?

ALLAH. Große Idee.

ELOHIM. Vielleicht führt der Weg über diesen Sohn.

BUDDHA. Aber wo the fuck is Ralf?

ELOHIM. Ich hab das Gefühl, dass der gleich auftauchen wird.

BUDDHA. Ein Bauchgefühl, was?

6. Der Böse kommt ins Spiel.

(Grandezza)

RALF *(singt)*.

Ist dein Leben ohne Sinn,
dein Dasein ohne Stolz und Ehr,
dann ist es für dich schwer,
mit Grandezza aufzutreten,
denn keiner hat um dich gebeten.
Keiner will dir nahestehn,
mit Spott verfolgen sie dein Tun,
drum sing ich mir ein Liedchen nun.

Ich bin der King, ich bin so gut,
ich bin der Mann, der Gutes tut,
stell das Leben auf die Beine,
geb jedem das Seine.

AMEISENBÄREN *(singen)*.

Er ist der King, und er ist gut,
er ist der Mann, der Gutes tut

hat Humor und schöne Beine,
gibt jedem das Seine.

RALF.

Wünsch dir was, ich geb es dir,
gibst du deine Seele mir.

Ist es hart dich anzuschaun?
Hast seit Jahren keine Frauen?
Dann ist es für dich schwer,
mit Grandezza aufzutreten.
Denn du hörst sie leise beten:
Halt vom Leib den Bösen mir,
sie legen Knoblauch in die Tür.
Drum singe ich ein Liedchen dir.

Ich bin der King, ich bin so gut,
ich bin der Mann, der Gutes tut,
stell das Leben auf die Beine,
geb jedem das Seine.

AMEISENBÄREN.

Er ist der King, und er ist gut,
er ist der Mann, der Gutes tut,
hat Humor und schöne Beine,
gibt jedem das Seine.

RALF, AMEISENBÄREN.

Wünsch dir was, ich geb es dir,
gibst du deine Seele mir.

AMEISENBÄREN.

Er ist der King, und er ist gut,
er ist der Mann, der Gutes tut.

PATRIK, NICOLE.

Wir sind erstaunt.

RALF. Ihr Erstaunen in Ehren, aber geradezu verblüfft werden Sie sein, wenn Sie mich steppen sehen.
(Er steppt.)

PATRIK. Sie sind tatsächlich gekommen.

RALF. Er ist tatsächlich gekommen, na, so was, es gibt ihn, den Beelzebub, den Gehörnten, blabla.

PATRIK. Wir dachten gestern nur, das wäre so ein Kunstprojekt. Entschuldigung.

RALF. Haben Sie mein Angebot diskutiert?

PATRIK. Wir haben in der Tat darüber geredet. Rein hypothetisch natürlich.

RALF. Ist klar.

NICOLE. Also: Wir wollen ein immens angesehenes Paar sein und in einer überbordenden Villa wohnen. Wichtige Menschen gehen bei uns ein und aus, wir haben Geld wie Heu, sehen gut aus, altern nicht, die Sonne scheint immer …

RALF. Fasse zusammen: Villa, Sonne, Bedienstete. Wäre das dann alles?

NICOLE. Und Filmstars trinken Tee in unserem Garten.

RALF. Von meiner Seite ist die Sache besiegelt. Wenn Sie jetzt bitte hier unterschreiben wollen.

PATRIK, NICOLE. Gerne.

ELOHIM. Sie verkaufen ihre Seelen, als wären es Louis-Vuitton-Fakes.

BUDDHA. Ich denke, meine Herren, wir haben ein seriöses Problem!

PUDEL. Es gibt sieben Welten, die existieren werden. Wir, so will es die Lehre, leben auf der sechsten. Die Erlösung erfolgt in der nächsten Welt. Dann ist das Sieben-, das Gotteswerk vollendet.

MARIA. Wie er sich räuspert, vor jedem Satz, und wie er herumstolziert – und den habe ich mal geliebt.

7. Wunscherfüllung.

RALF. So, dann wolln wir mal.
(Wunscherfüllungsblitz.)

PATRIK. Was ist das?

RALF. Dhaka, Bangladesch. Angenehme 47 Grad Außentemperatur. Sie befinden sich in einem von 60 Räumen ihrer Villa, im Garten trinken Stars des Bangladesch-Filmbusiness Tee. Sie werden nicht alt werden, denn Sie sind es schon.

NICOLE. Aber wir sind nicht bedeutend …

RALF. Doch, durchaus – sehen Sie:

EIN MANN (AMEISENBÄR 2). Kapitano.

RALF. Ich war mir mit der Anrede nicht ganz sicher …

EIN MANN (AMEISENBÄR 2). Kapitano, die Kinder sind am Streiken.

RALF. Sie haben, by the way, eine Firma, in der Ihre ungeborenen Kinder T-Shirts herstellen.

CHOR DER UNGEBORENEN KINDER. Scheiß-T-Shirts! Scheißglobalisierung!

NICOLE. Ich hasse Kinder! Und wir sprechen kein Wort dieser ekligen Sprache.

RALF. Voilà!

PATRIK. Ami tor dudhe peshab korbo.

NICOLE. Chuder bhai chom chom – verflucht, was ist das?

RALF. Bengali, und hier sind noch einige Kakerlaken, groß wie Fußballstadien.

PUDEL. So, dann will ich nur kurz stören: Sind Sie zufrieden mit der Dienstleistung?

NICOLE. Nicht im Geringsten.

PUDEL. Sehr schön. Aber unter uns: Das ist mir relativ Stulle. Noch ehe der Hahn kräht, ist all das Gerümpel weg. Vielleicht wäre jetzt der Zeitpunkt für eine Plage gekommen?
(Überall rennen Frösche herum.)

KAKERLAKEN (AMEISENBÄREN), *(später auch* NICOLE & PATRIK, *singen und tanzen).*

Bangladesch ist wunderschön,
das sollte jeder einmal sehn.
Viele Slums und nette Leute,
Kakerlaken, voll die Meute.
Am Abend kannst du Sterne sehen,
in Müllhaufen untergehn.

Bangladesch ist immer warm,
alle sind hier richtig arm,
das macht entspannt, denn es ist klar,
dass Allah hier grad busy war.
Abgelenkt von andren Sachen,
konnte sich nicht viel Mühe machen.

RALF *(singt).*

Wünsch dir was, ich geb es dir,
gibst du deine Seele mir.

ALLE.

Bangladesch ist immer nass,
das Leben hier macht keinen Spaß,
doch Spaß, der ist für dumme Leute,
und Kakerlaken voll die Meute.
Am Abend kann man Menschen sehn,
die überall zu Grunde gehn.

KAKERLAKEN.

Nicht glücklich sein ist eine Last,
die gut in unsere Arbeit passt.
Ist das Leben dann zu Ende,
reiben wir uns unsre Hände.
Aas ist lecker jederzeit,
egal, ob von der Pein befreit.

8. Die Götter labern und haben eine Idee.

BUDDHA. Es war unüberlegt, den Menschen dieses Gehirn zu geben, für Großes zu wenig, für die Bescheidung zu viel.

ALLAH *(guckt fern in die Welt)*. Menschen schauen sich eine Hinrichtung an. Sie treten in den Bauch einer schwangeren Frau. Ein Kind in einem Keller, war zu laut. Das hat es davon. Eine Rentnerin tot in ihrer Wohnung. Würmer zerfressen ihr Gesicht. Ein Mann schlägt auf seine Frau ein, bis sie zusammenbricht. Blut aus der Nase. Ein Gefangener wird gefoltert. Seine Hoden werden ihm abgeschnitten.

ELOHIM. Lassen Sie uns eingreifen.

BUDDHA. Und wie soll das gehen?

ELOHIM. Wir müssen Gott zeigen, dass es noch Liebe gibt. Wahre. Aufrichtige.

ALLAH. In dem Fall machen wir besser was mit Sprengstoff.

BUDDHA. Soweit ich sehe, ist sein Sohn überreif für eine Veränderung. Wenn wir ihn beeinflussen könnten.

ALLAH. Die Wasserfolter!

ELOHIM. Analyse!

BUDDHA. Wir müssten seinem Sohn die große Liebe schenken. Dann wäre Gott gerührt, würde wieder an die Menschen glauben und so weiter.

ALLAH. Sie vergessen ein paar Kleinigkeiten.

BUDDHA. Wie zum Beispiel?

ALLAH. Wir haben weder Zugang zu Ralfs Seele, noch sehe ich da unten auch nur eine Frau, die für die reine Liebe in Frage käme.

BUDDHA. Mal eines nach dem anderen: Erst wird sich unser großer jüdischer Therapie-Erfinder Ralf vornehmen.

PUDEL. Hallöchen! Habt ihr gerade über mich geredet?

ALLAH. Wie kommst du darauf. Komm, wir trinken einen!

PUDEL. Leider keine Zeit. Hab da 'ne große Sache am Laufen.

MARIA. Ach, bist du auch mal wieder da? Ich würde gerne mit dir über unsere Beziehung reden.

PUDEL. So gerne, aber ich muss gerade mit meinen Freunden was besprechen.

(Alle Mütter schieben Wagen.)

MARIA *(singt)*.

Alle Mütter schieben Wagen,
und sie haben keine Fragen.
Der Sinn, der leuchtet ein,
sind allhier zum Muttersein.
Ich sitze wie in Einzelhaft,
dafür hab ich die Jungfernschaft.
Ich werde nicht benutzt,
ich werde nicht gemocht,
das geht mir alles auf den Docht!

ELOHIM. Ich würde die, glaube ich, ganz gerne erschießen.

BUDDHA. Ein anderes Mal. Sie sind jetzt als Analytiker gefragt. Wir müssen die Welt erhalten!

9. Der Böse liegt bei seinem Analytiker und erinnert sich.

ELOHIM *(als Analytiker)*. Du sehnst dich nach …?

RALF. Ich möchte mal wieder nett angefasst werden.

ELOHIM. Wann hat dich zum letzten Mal jemand quasi berührt?

RALF. Ich war sieben und hatte meiner Mutter Essen gekocht. Sie war im Nebenraum und ruhte sich aus. Hatte sie gesagt.

MUTTER (AMEISENBÄR 1). Ich ruhe mich aus. Keine Angst, ich betrinke mich nicht. Nur ein kleines Glas zum Entspannen.

RALF. Die Kerzen brannten ab, und der Wein, den ich gestohlen hatte, stand schal. Meine Mutter kam nach Stunden.

MUTTER. Was soll denn der Scheiß?

ELOHIM. Dann schlug sie dich?

RALF. Das war die letzte Berührung, an die ich mich erinnern kann. Ich gab alle Speisen in die Toilette und saß lange da, so leer und ausgeliefert und ohne Möglichkeit, die Situation zu beeinflussen.

ELOHIM. Und später?

RALF. Nach Stunden war mir klar, dass ich nichts hatte, wo ich mit großer Geste hätte hingehen können, also ging ich in ihr Zimmer. Sie lag mit offenen Augen und bewegte sich nicht mehr.

ELOHIM. In dieser tristen Atmosphäre gedieh das Böse.

BUDDHA. Der Sohn Gottes.

ALLAH. Das gibt Ärger mit Mel Gibson!

ELOHIM. Nachdem deine Mutter gestorben war …

RALF. Saß ich lange Zeit neben ihrem Bett. Ich konnte sie nicht begraben, weil sie zu schwer war. Ich konnte es nicht melden, weil ich dann in ein Heim gekommen wäre. Ich konnte niemandem etwas sagen, weil da keiner war zum Etwas-Sagen.

ELOHIM. Du hattest einen Entschluss?

RALF. Ich dichtete die Türen und Fenster ihres Zimmers ab, denn ich hatte gelesen, dass Tote das Riechen begännen, und löschte das Licht. Manchmal glaubte ich, Mutter stöhnen zu hören. Aber mit der Zeit vergaß ich sie.

AMEISENBÄR 1. Der Arme. Wir könnten ihn streicheln.

AMEISENBÄR 3. Er würde nur erschrecken.

AMEISENBÄR 2. Sie erschrecken immer, wenn sie gestreichelt werden.

RALF. Keiner vermisste meine Mutter in einem Maße, dass intensiv nach ihr gesucht wurde. Ab und an, im Sommer, klingelten die Nachbarn und beschwerten sich über seltsame Insekten.

INSEKTEN (AMEISENBÄREN). Hallöchen!

ELOHIM. Doch du warst ein wortgewandtes Kind. Das zum schwierigen Jugendlichen wurde.

RALF. Einsam blieb ich ohnehin. Das Einzige, was gegen die Angst, die immer mit mir war, half, war Geld. Wusste ich.

ELOHIM. Du begannst das Stehlen …

RALF. In Umkleidekabinen von Chiropraktikern, Börsen aus Rentnerhänden. Am Anfang fühlte ich noch Schuld und Scham, Trauer und Verzweiflung. Doch diese Gefühle führten zu nichts. Wann immer sie auftauchten, fügte ich mir so lange Schmerzen zu, bis sie mich schnell verließen. Wann immer ein Gefühl für einen Menschen kam, fügte ich ihm Schmerzen zu, bis er mich schnell verließ.

MÄDCHEN 1 (AMEISENBÄR 1). Nachdem wir uns getroffen hatten, mehrfach, und in mir dieses Bedürfnis groß wurde, ihm den Kopf zu halten, bestellte er mich zu sich, eines Nachmittags, da er im Bett stak, mit meiner Mutter.

MUTTER (AMEISENBÄR 2). Shit happens.

RALF. Immer neue Hürden der Gemeinheit zu erklimmen war mein innerer Wettbewerb, an dessen Ende ich ohne Gefühle sein würde, war mir klar.

BUDDHA. Das ist ja: das Böse!

RALF. Ich glaube, meine Gefühle waren endgültig beseitigt, als sich dieses Mädchen umbrachte, schwanger von mir, und ich mit den Schultern zuckte und mein Steak weiteraß, das vorher ein kleiner Hase war, der Kunststücke konnte.

(Hase [AMEISENBÄR 2] *zeigt das.)*

MÄDCHEN 2 (AMEISENBÄR 3). Ich war in Ralf verliebt und verlor meine Ehre. Dann sprang ich von der Brücke. Der Tod kam relativ schnell.

RALF. Ja, ich glaube, das war der Tag, an dem ich jedes Gefühl verloren hatte.

ELOHIM. Darf ich mal eine rauchen?

10. Gott castet seinen Sohn.

BUDDHA. Himmel, ist das traurig. – Ach, mein Gott! – Bist du schon lange hier?

PUDEL *(schaut versonnen sein Kind auf der Analysecouch)*. Der kleine Ralf, so ein Sonnenschein. Mein Sohn, mein Fleisch und Blut.

(Casting)

PUDEL *(beginnt sensibel zu singen)*.

Was gibt es mehr für einen Mann,
als dass er stolz sich sagen kann:
Das ist mein Kind, mein Fleisch und Knochen,
aus meiner DNS gekrochen.
Ist auf der Welt mein Ebenbild,
vor Einsamkeit mein Schutz und Schild.
Er wird die Firma weiterleiten,
er wird mit mir zum Hades reiten.
Ihn lehre ich, was gut und schlecht,
das Blut, das hat ja immer Recht!

PUDEL, BUDDHA, ELOHIM, ALLAH.

Was gibt es mehr für einen Mann,
als dass er stolz sich sagen kann:
Mein Sohn, mein Fleisch und Blut.

MARIA. Was redest du da? Blut? Dein Blut? Ich sage dir, was es heißt, ein Kind zu haben: Das ist in der Nacht zehnmal aufstehen, das ist Kotgeruch, Masern, Mumps, das ist Spucken und Bäuerchen machen. Schwangerschaftsstreifen!

ELOHIM. Jetzt fängt die auch damit an. Ich werd noch schwul, wenn das so weitergeht!

MARIA. Du hast kein Kind gezeugt, du Dieter Bohlen der Götter, du hast ihn: gecastet!

MARIA & AMEISENBÄREN.

Eine gute deutsche Frau
ist ohne Kind nur eine Sau!
Keinen Zweck und keinen Sinn
without Leben in mir drin!

MARIA.

Ich kann Bücher schreiben, singen,
kann Atome niederringen,
kann diverse Preise kriegen
und auch noch das Aids besiegen,
doch letztlich steht es fest:
Ohne Kind bist du die Pest.
Kein Sohn, kein Fleisch und Blut!

BUDDHA. Wie gecastet?

ALLAH. Er war mit Angelina Jolie in Kambodscha und hat ein entzückendes Waisenkind gefunden?

PUDEL. Viel besser. Na, Ralf, wie haben wir uns kennen gelernt?

RALF. Du sagtest: Hallöchen!

ELOHIM. Das nenn ich mal eine gelungene Anmache.

RALF. Und dann sagtest du: Sie sehen ja wahnsinnig abgebrüht aus – und genau das ist, was ich suche. Ich mache dieses Kunstprojekt für die nächste Biennale. Menschen erzählen mir ihre Geheimnisse, komplett anonym und so weiter. Das Ganze wird gefilmt. – Was kriege ich dafür? Fragte ich.

PUDEL. Dem Inhaber des furchtbarsten Geheimnisses winkt ein spannender Sachpreis.

MARIA. Ich muss mich übergeben.

RALF. Wenig später fand ich mich in einer Interview-Situation zusammen mit Herren, deren verschlagene Gesichter auf finstere Geheimnisse schließen ließen.

HERR 1 (PATRIK). Ich hatte dieses Loch gegraben. Zur Weltmitte, wo die Wahrheit liegt. Ich habe Frauen in dieses Loch gefüllt, weil, aus denen läuft das ja raus. – Die Destillate in den Ohren der Leute, an die muss man kommen …

PUDEL. Das ist ja eklig. Der Nächste bitte.

HERR 2 (PATRIK). Ich habe mir den Bauch selber geöffnet. Man muss da tüchtig die Zähne zusammenbeißen. Tüchtig die Zähne zusammenbeißen. Und zwischen die sauber angeordneten Gedärme brachte ich Frösche ein …

PUDEL. Sehr interessant, habe ich Ihnen schon den Trick gezeigt, den ich mit Fröschen kann?

HERR 3 (PATRIK). Wir haben alle dieselbe Seele. Es gibt nur einen Prototyp Mensch. Ich habe das herausgefunden, aber die CIA will mich mundtot machen. Stellen Sie sich vor: Alle Menschen sind quasi nur ein Mensch, ist das nicht irre.

ALLAH (*zu* BUDDHA). Guckt mich nicht so an, von mir weiß er das nicht!

PUDEL. Was möchten Sie mir anvertrauen, fragte ich dich, nicht wahr?

RALF. Ich erzählte, dass sich meine Mutter leblos zwei Jahre im Nebenzimmer befunden hatte. Alles normal, nur manchmal legte ich Fleisch unter die Spüle, ließ es dort und wartete, bis die Maden kamen, so viele, dass es wie ein Schmatzen klang, und dann habe ich davon gegessen, um an Mutter zu denken, damit …

PUDEL. Mir war klar, dass ich meinen Sohn gefunden hatte! *(singt)* Mein Sohn, mein Fleisch, mein Blut.

MARIA *(stöhnt waidwund)*.

PUDEL. Ich möchte Ihnen den ersten Preis anbieten, sagte ich.

RALF. Eine Statistenrolle in »Verliebt in Berlin«?

PUDEL. Falsch. Du wirst mein Sohn sein! *(singt)* Mein Sohn, mein Fleisch, mein Blut.

MARIA. Du hast dir einen Sohn gekauft. Und ich wollte dir einen schenken.

ALLAH. Gebt ihr mal Riechsalz, ich glaube, sie wird ohnmächtig.

RALF. Ich fand mich wieder in einem Alvar-Aalto-Bungalow, in Beverly Hills. Umgeben von skandinavischen Design-Möbeln und einer erlesenen Garderobe. Ich verstand nichts. Und du sagtest:

PUDEL. Der Pferdefuß, der Schwefelgestank – das sind alles Klischees. Du wirst prima aussehen. Nur leider sehen die meisten Menschen dich nicht mehr.

RALF. Was muss ich tun, fragte ich. Und dann wurde mir auf einmal klar: Der Böse! Ich werde der Teufel sein!

PUDEL. Das fand ich überspitzt ausgedrückt. Schau, sagte ich, ein Menschenleben hat keinen klaren Anfang und kein Ende. Tot sein ist wie der Zustand vor der Geburt, und die Zwischenzeit ist weitgehend eine Illusion aus Moral und Träumen. Es gibt weder gut noch böse. Es gibt nur Trägheit.

RALF. Es gibt keine reinen Menschen?

PUDEL. Aus sicherer Quelle kann ich sagen: Gar nicht!

RALF. Ich mache also diese Geschichte mit dem Kontrakt – wird da immer noch mit Blut unterzeichnet?

PUDEL. Nicht mehr seit HIV, das Werk deines Vorgängers, am Rande bemerkt.

ALLAH. Hier sehen wir, nur am Rande, den Vorgänger.

MANN IM SUPPENTOPF *(singt)*.

Das sind so Tage, Tage im Jahr,
wo ich mich schon frage, ob das alles wahr.

Das sind wirklich Tage, da wird mir fast klar,
dass dieser Mist es tatsächlich war.

RALF. Apropos Vorgänger. Wie kündige ich den Job?

PUDEL. Kündigen ist nicht. Unsere Firma ist wie eine Familie. Du kannst sterblich werden, wenn du die reine Liebe findest. Aber leider: Die hat noch keiner entdeckt, in der letzten Million Jahre.

RALF. So war das damals, und ich stand dann in diesem Bungalow mit Blick über L. A., Autos und Motorräder in der Garage, ich fuhr mit einem herum und wunderte mich, dass ich nichts spürte, nichts roch. Ich kaufte mir Sushi, und es schmeckte nach nichts. Dann kam Vater und führte mich in meine Aufgaben ein.

PUDEL. Siehst du den Langhaarigen?

RALF. Was ist mit ihm?

PUDEL. Ein verzweifelter Musiker. E-Gitarren-Freestyle. Er fühlt sich hauptsächlich verkannt.

RALF. Und was soll ich jetzt machen?

PUDEL. Biete ihm deine Dienste an. Na hopp, mal nicht schüchtern.

RALF. Guten Abend. Ich sehe Sie recht verzweifelt und im Läunchen, einiges für einen properen Ruhm zu opfern.

MUSIKER (PATRIK). Wahre Kunst wird immer elitär sein. – Wer sind Sie überhaupt?

PATRIK. Ich glaube, ich bin der Böse, sicher sein kann ich mir da nicht, es ist mein erster Arbeitstag.

MUSIKER (PATRIK). Und nun? Willst du meine Seele? Ich bin mir nicht sicher, dass ich eine habe.

PUDEL. Lass dich nicht verunsichern, sie haben alle eine, auch wenn sie meistens einem alten Lappen gleicht.

MUSIKER (PATRIK). Die Wahrheit ist: Ich würde alles geben – meine Familie, meinen linken Arm, das Leben mehrerer Kleinkinder – für die Anerkennung, die mir gebührt.

RALF. Wie geht es jetzt weiter?

PUDEL. Du kannst zaubern. Probier mal.

(Nackte Weiber tanzen.)

RALF. Wie interessant.

PUDEL. Gib ihm den Kontrakt.

RALF. So – unterschreiben Sie bitte hier.

MUSIKER (PATRIK). Für die Kunst!

RALF. Is klar! Und nun lasse ich Sie kurz alleine, ich schaue morgen nach Ihnen.

PUDEL. Mein Junge nahm seinen ersten Job sehr ernst. Wie ein Rodin-Standbild arrangierte er das neue Musiker-Leben. Er traf ihn am nächsten Tag nach dessen furiosem Konzert in der Carnegy Hall.

RALF. Ein furioses Konzert! Überdies werden Sie auf allen Musiksendern weltweit gespielt. Da, draußen an der Kreuzung: ein Denkmal. Sie und ein Ameisenbär. Ich fand das ganz hübsch. Und nun muss ich Sie bitten, mir in den Keller zu folgen.

MUSIKER (PATRIK). Ui, meine Kinder, meine Frau, meine Eltern – tot. Aber gerade im Unaussprechlichen liegt ja die Nahrung eines Künstlers. Mein linker Arm ist, by the way, auch nicht mehr.

PUDEL. Siehst du, mein Junge, so läuft das. Sagte ich.

BUDDHA. Der Junge hat wirklich nicht gewusst, auf was er sich eingelassen hat.

MARIA. Wir müssen eingreifen. Wir können diesen ganzen Wahnsinn noch stoppen, wenn Amerika endlich mal seine Politik ändern würde. Ich meine, der Westen, der ist ja selber schuld, wenn Terrorakte passieren. Das haben sie ja provoziert. Stückweit. Wenn jeder bei sich anfangen würde, sich ökologisch zu verhalten. Ich verwende nur schadstofffreie Materialien für meine Collagen. Natürlich werde ich mein Kind stillen. Besonders an öffentlichen Plätzen. Das ist doch etwas Natürliches. Ich finde, man kann von Naturvölkern so viel lernen. Von anderen

Kulturen lernen überhaupt. In Indien herrscht so eine große Spiritualität.

ELOHIM. Jetzt dreht sie durch!

MARIA. Sie haben mir gar nichts zu sagen, Sie mit Ihrem Freud und dem Penisneid. Was soll ich neidisch sein auf einen Penis, der zu nichts nutze ist.

AMEISENBÄR 2. Wie kommt sie jetzt auf Penisse?

AMEISENBÄR 3. Du musst dich nicht dauernd angegriffen fühlen.

AMEISENBÄR 1. Schwul zu sein oder Ameisenbär ist heutzutage völlig selbstverständlich.

BUDDHA. Streit hilft uns nicht weiter. Ich glaube, es ist Zeit für ein bisschen Frieden.

RALF *(zum Musiker)*. Ihr Auftritt, Maestro!

MUSIKER & AMEISENBÄREN-CHOR.

Lass uns die Welt zum Guten drehn,
lass uns die Tiere wieder sehn,
an frischen Auen friedlich äsen,
und alle Menschen, sie besäßen
ein reines Herz und Tischmanier'n
und liefen nackt auf allen vier'n,
zu kleinen Tümpeln, um zu trinken,
und nie mehr in den Hass versinken,
die Sonne hell,
das Meer am Winken –
genau.

(Finale mit allen außer dem Pudel.)

(PAUSE)

11. Das Leben des Bösen ist so öde.

(Der Pudel trödelt herum und singt vor sich hin. Die Götter erholen sich von der emotionalen letzten Szene und beobachten ihn.)

PUDEL *(singt)*.

Lass uns die Welt zum Guten drehn,
lass uns die Tiere wieder sehn,
an frischen Auen friedlich äsen,
und alle Menschen, sie besäßen
ein reines Herz und Tischmanier'n
und liefen nackt auf allen vier'n,
zu kleinen Tümpeln, um zu trinken,
und nie mehr in den Hass versinken,
die Sonne hell,
das Meer am Winken –
genau.

ELOHIM. Was macht er jetzt?

ALLAH. Er nimmt Abschied von seinem Werk.

BUDDHA. Das ist wie zum letzten Mal Geschlechtsverkehr, nachdem man sich getrennt hat.

MARIA. Er hat Geschlechtsverkehr?

ELOHIM. Nur im übertragenen Sinne, meine Liebe. Sie dürfen ihn nicht so unter Druck setzen, das wollte ich Ihnen schon lange mal sagen.

BUDDHA. Ein Mann seines Alters fühlt sich schnell überfordert, falls Sie verstehen, was ich meine.

ELOHIM. Versuchen Sie doch mal, Ihre Beziehung zu beleben. Mit ein wenig hübscher Wäsche.

ALLAH. Oder lernen Sie Bauchtanz, das bringt Männer richtig in Schwung.

BUDDHA. Vielleicht könnten wir unsere Aufmerksamkeit aber für einen Moment wieder auf die Errettung der Welt lenken.

ALLAH. Oha, unser Castingstar kommt heim.

RALF. Wenn ich nach Hause komme, ziehe ich mir erst einmal etwas Bequemes an. Anna Wintour meint, ab dreißig sollte man Rosa tragen.

ELOHIM. Dreißig! Ha, das wüsste ich aber, alte Trine.

RALF. Aufstehen, Frühstück, was ich nicht genießen kann, weil mir Essen nichts mehr sagt, keinen Kaffee genießen, weil ich noch nicht mal niedrigen, sondern gar keinen Blutdruck habe. Und wenn ich liege, klopft es an der Tür.

PUDEL. Hallöchen.

RALF. Ich hasse es, wenn du Hallöchen sagst.

PUDEL. Du musst noch mal los. Da steht jemand auf der Wiese.

RALF. Ameisenbären. Vielleicht könnten die mich lieb haben.

AMEISENBÄR 1. Wir sind extrem scheue Tiere, wegen der Nasen.

AMEISENBÄR 2. Ja, kaum ist mal wer nett und will uns streicheln …

AMEISENBÄR 3. … fängt er meistens an zu lachen und sagt:

AMEISENBÄR 2. Diese Nase!

BUDDHA. Tja, das ist das Einzige, was er sich nicht herbeiwünschen kann, das Liebhaben, und er sehnt sich so nach etwas, das der Monotonie ein Ende setzt. Doch da ist nichts.

PUDEL. Ich rede nicht von diesen Staubsaugern. Da, den meine ich.

RALF. Na prima, ein Bengale. So, bitte, was kann ich für Sie tun?

BENGALE (MARIA). Ich bin Bengale.

RALF. Das allein scheint mir als Verdienst recht mager.

BENGALE (MARIA). Als Bengale bin ich auch Muslim. Das heißt: keinen Sex vor der Ehe und nach der Ehe nur mit einer Frau und vor der Ehe nur mit Männern, aber nicht erwischen lassen, oder mit Huren, aber die sind verboten.

RALF. Interessant. Aber was genau wünschen Sie sich?

BENGALE (MARIA). Ich wünsche mir Geschlechtsverkehr. Zehn Mal am Tag. Und die perfekte, andauernde Verschmelzung von Yoni und Lingam …

RALF. Wollen Sie Kamasutra oder ficken?

BENGALE (MARIA). Ich will Liebe machen.

RALF. Sehr süß. Sie kennen den Preis?

BENGALE (MARIA). Ewige Verdammnis?

RALF. Was ist unangenehmer: Nach dem Leben zu liegen in unendlicher grauer Ödheit, die Würmer kommen spüren, nie mehr einen Morgen riechen oder so richtig knackig in der Hölle schmoren, von der für Sie im Nebel liegt, woraus sie gemacht wurde?

BENGALE (MARIA). Yes, sahib …

RALF. Gut, Ihre Unterschrift hier bitte.

BENGALE (MARIA). Allah hu akhbar, was ist das?

RALF. Die Sexualität im höheren Lebensalter ist immer noch ein Tabu. Dabei nimmt das Bedürfnis nach Zärtlichkeit keineswegs ab. Hier erwarten Sie 300 Insassinnen des Altenwohnprojekts Oase. Viel Spaß noch!

PUDEL. Na, sind wir zufrieden, Herr Bengale?

BENGALE (MARIA). Meine Höflichkeit als Muslim, speziell Frauen gegenüber, die wir achten und ehren wie besemmelt, verbietet mir, in Anwesenheit von Damen Beschwerde zu führen, aber unter uns: Nein.

PUDEL. Lernen Sie die Damen doch erst mal kennen.

BENGALE (MARIA). Ich werde mich bemühen.

ALTE FRAU (PATRIK). Na, das will ich auch mal schwer hoffen.

BENGALE (MARIA). Bei einer der vielen Fluten spülte es unser Haus weg. Wir fuhren dann nach Dhaka, per Anhalter.

Meine Mutter versuchte als Ascheverkäuferin Geld zu verdienen, wir wohnten auf der Straße am Bahnhof …

ALTE FRAU (PATRIK). Hören Sie, ich habe zwei Kriege erlebt. Ich will ficken und keinen Dritte-Welt-Kitsch hören. Ich hab mich bereits untenherum freigemacht. Mal los und keine Müdigkeit vorgetäuscht.

ALTE FRAUEN (PATRIK & AMEISENBÄREN) *(singen).*

Keiner scheint es noch zu sehn,
wir sind doch genauso schön
wie die Jungen, nur mit Falten,
wollen auch noch Hände halten,
sind doch innen noch nicht rott,
wollen noch nicht aufs Schafott,
wollen Liebe, Wärme, Eins-Sein,
einfach noch etwas dabei sein.

BENGALE (MARIA).

Oh großer Gott, ich bin ein Wurm,
gib mir ein Glied, groß wie ein Turm,
ich will damit die Frauen lieben,
in jeder Stunde möglichst sieben.
Komm, gib es mir, komm, gib es mir,
ich wär so gern ein wildes Tier.

ALTE FRAUEN.

Komm, gib es ihm!

BENGALE (MARIA).

Lecken, Lutschen, Libido,
das macht alle Mädchen froh.
Smegma, Klöten, Lavastrom!
Das Glied hinein zum Sterne-Sehen,
lass uns noch was tiefer gehen!
Befruchtung ist der Mühe Lohn.

ALTE FRAUEN.

Wir sind innen noch nicht rott,
wollen noch nicht aufs Schafott.

BENGALE (MARIA).

O großer Allah, gib mir Kraft,
aufzurichten diesen Schaft!

ALTE FRAUEN.

Wir, die Jungen, nur mit Falten,
wollen nicht nur Hände halten.

DREI ALTE FRAUEN (AMEISENBÄREN) & BENGALE (MARIA).

Komm, gib es mir!

ALTE FRAU (PATRIK).

Wir sind noch genauso schön!

PUDEL. Das geht ja wie Brezeln backen. Nur noch vier Seelen, ich freu mich! Es ist an der Zeit für eine propere Nutztier-Pest-Plage …

AMEISENBÄR 2. Betrifft das jetzt uns?

AMEISENBÄR 1 & 3. Wir sind nicht nützlich. Wir sind niedlich!

PUDEL. Diese Viecher. Sie erinnern mich an – ich weiß nicht was.

AMEISENBÄR 1. Staubsauger?

PUDEL. Was auch immer. Bald ist es vollbracht. Das Siebenwerk, die Schaffung der Welt. Und nun ihre Zerstörung! Wer mit der Sieben lebt, der weiß nicht mehr, aber er lebt das Leben bewusster. Wer mit der Sieben lebt, der lebt, in Anlehnung an Karl Jaspers, Wand an Wand mit dem Nicht-Verstehbaren. Er versteht nicht mehr, weiß vielleicht aber mit dem Nicht-Verstehen umzugehen. Die Absicherung im freien Fall zwischen Leben und Tod.

ALLAH. Er wird wahnsinnig.

BUDDHA. Nein, er wird gleich mit der Zerstörung beginnen.

ELOHIM. Wie kommt er auf vier Seelen?

ALLAH. Na, Nicole, Patrik und den Bengalen hat er schon. Fehlen noch vier.

ELOHIM. Und was ist mit dem Rocksänger?

ALLAH. Der war früher. Der zählt nicht.

BUDDHA. Schaut mal, wie rührend.

NICOLE. Ich wache um fünf auf am Morgen, wegen der Muezzins und der Hitze, schweißverklebt von der Nacht. Ich will mich waschen, aber ich kann nirgends allein sein, überall sind die Bediensteten, die stehlen wie die Raben.

BEDIENSTETER (AMEISENBÄR 2). So etwas passiert schon mal. *(Schleppt Standuhr weg)*

PATRIK. Wir gehören an den Ort, wo wir geboren wurden. Sosehr er uns auch missfällt. Die Gewohnheiten machen uns, nicht umgekehrt.

ELOHIM. Nicole. Das ist es!

BUDDHA. Was meinen Sie?

ELOHIM. Das Grundmaterial für einen reinen Menschen. Wir erziehen sie ein wenig, und der Böse wird die reine Liebe erleben. Mit Nicole.

ALLAH. Na, dann hole ich die kleine Schlampe. Schad't ja nix.

NICOLE. Wo bin ich. Wer sind Sie. Ich will meinen Anwalt sprechen.

ALLAH. Schnauze, Puppe.

BUDDHA. Ich bitte Sie ...

ALLAH. Das hab ich so in einem Film gehört. Wollt ich immer mal sagen.

BUDDHA. Legen Sie sich mal hier rein. *(Nicole kommt in den Rebirthing-Tank.)*

ALLAH. He Mann, das war eine gute Idee von mir! Ich muss jetzt mal los. Zigaretten holen.

ELOHIM. Selbstredend. Aber Nicole – ist die eigentlich jüdisch?

12. Nicole im Tank. Und vier weitere Seelen werden eingesammelt.

(Nicole im Tank wird mit Musik bestrahlt, und Buddha spricht mit tiefenwirksamer Therapeutenstimme.)

BUDDHA. Du vergisst alles, was dich ausgemacht hat. Du bist keine gelangweilte durchschnittliche Mitdreißigerin mehr, sondern ein verwirrtes Wesen, das sich nach Liebe sehnt. Du wirst gleich aufwachen und deine alte Identität vergessen haben. Du wirst keinen Namen mehr haben und keine Geschichte, du …

ELOHIM. Hören Sie sofort auf, wir müssen sie jetzt einsetzen! Während wir hier rumgegammelt haben, hat Ralf noch vier Seelen eingesammelt!

BUDDHA. Aber sie ist noch nicht perfekt. Sie muss noch ein wenig reifen.

ELOHIM. Leider ist dazu keine Zeit mehr. Gott beginnt bereits mit der Zerstörung. Wir müssen ihn aufhalten. Sofort!

BUDDHA. Wo hat er so schnell vier Seelen gefunden?

ELOHIM. In Deutschland. Das geht da speziell einfach.

AMEISENBÄREN *(Seelen-Song)*.

Er ist Lehrer von Beruf, und er mag das gern.
Er ist Lehrer von Beruf, und Habgier ist ihm fern.

LEHRER (PATRIK).

Ich gehe morgens in die Schule,
wo ich mich im Wissen suhle,
dass meine Arbeit wichtig ist.
Ich streif traurig unter Bäumen,
die die alten Straßen säumen,
und hasse doch den ganzen Mist.
Das Aufstehn, wenn noch alle schlafen,
der Blick der Kinder wie von Schafen.

AMEISENBÄREN.

Er ist Lehrer von Beruf, und er hasst es sehr.

LEHRER (PATRIK).
Denn richtig leben kann ich nur,
find ich dann und wann
einen jungen Mann,
der sich von mir essen lässt.
Ich bewahr den Rest
in kleinen Tüten auf,
die ich in einem Laden kauf,
wo garantiert auch ist,
keinen Gefrierbrand kriegt der Mist.

RALF. Gefrierbrand. Ein fürchterliches Problem. Da hätte ich was für Sie …

PUDEL & AMEISENBÄREN.
Bei eins – da ist die Welt noch da.
Bei zwei – da ist das Ende nah.
Und drei – da hoffen wir ganz fest,
dass vier – wir kriegen auch den Rest!

AMEISENBÄREN.
Das Alter kommt, die Lider hängen,
man muss sich in die engen Kleider zwängen.

ALTE FRAU (MARIA).
Doch das sieht aus wie 'ne Wurst,
und dauernd habe ich solchen Durst
auf Schnaps.

GÖTTER.
Durst auf Schnaps?

ALTE FRAU (MARIA).
Schnaps und Bier.

GÖTTER.
Schnaps und Bier?

ALTE FRAU (MARIA).
Dann kommt das Tier!

GÖTTER & AMEISENBÄREN & RALF.
Kommt das Tier!

ALTE FRAU (MARIA).

Dann kommt das Tier!

GÖTTER & AMEISENBÄREN & RALF.

Das Tier!

ALTE FRAU (MARIA).

In mir!

GÖTTER & AMEISENBÄREN & RALF.

In dir!

ALTE FRAU (MARIA).

Ich merk, dass ich noch 17 bin,
ganz tief und deeply in mir drin.
Das Tier!

GÖTTER & AMEISENBÄREN & RALF.

Das Tier!

ALTE FRAU (MARIA).

Hier ist das Tier!

RALF. Ich hätte da eine Lösung für Ihre Probleme …
(Er wird vom PAAR *unterbrochen.)*

PAAR (AMEISENBÄR 1 & ALLAH) *(singt).*

Wie kann man nur im Neubau wohnen,
unser Haus, das ist sehr alt.
Wir können das nur sehr betonen,
normale Leute lassen uns kalt.

RALF *(unterbricht das* PAAR*).* Entschuldigen Sie, wenn ich Sie jetzt so unterbreche. Ich muss mich noch um die nette Dame von vorhin kümmern …

PAAR (AMEISENBÄR 1 & ALLAH).

Wir glauben fest an Umweltschutz,
Scharon und Bush sind das Böse.
Die Welt besteht nicht nur aus Schmutz,
der Pöbel macht Getöse.

Im Feuilleton, da steht die Wahrheit.
Und Kunst, die mögen wir sehr.

Wir haben immer eine Klarheit:
Massengeschmack ist ordinär.

Und manchmal kotzt uns alles an.
Wir schießen aus dem Fenster dann
auf Neger, Rentner, Hunde, Kinder, all den Mist,
und retten, was zu retten ist.

RALF.

Das Tier!

AMEISENBÄREN, MENSCHEN.

Das Tier!

RALF.

Sag hallo, Tier!

AMEISENBÄREN, MENSCHEN.

Hallo, Tier!

RALF.

Sei nett zum Tier!

AMEISENBÄREN, MENSCHEN.

Zum Tier.

RALF.

In dir.

AMEISENBÄREN, MENSCHEN.

In dir.

RALF. Ich habe auch niedliche Tiere und noch viel mehr im Angebot, quasi. Ja, ich habe für jeden was im Sortiment. Ihnen, mein Herr, offeriere ich die wöchentliche Lieferung eines schmackhaften Homosexuellen. Der Genießerin unter Ihnen möchte ich einen Brandy-Keller in Spanien ans Herz legen und Ihnen, meine Herrschaften, ein Ehrendoktorat an der Sorbonne, die Freundschaft mit Luc Bondy, ein Stadtpalais im Marais und das Video Ihrer silbernen Hochzeit, gedreht von Chabrol, während die Belegschaft des Zeit-Feuilletons im Hintergrund Polka tanzt.

ALLE KUNDEN, AMEISENBÄREN, PUDEL.

Bei eins – da ist die Welt noch da.
Bei zwei – da ist das Ende nah.
Bei drei – da hoffen wir ganz fest,
dass vier – wir kriegen auch den Rest!
Bei fünf – jetzt ist es nicht mehr weit,
bei sechs – gleich endet alle Zeit,
und sieben – verraucht die ganze Pest!

RALF.

Wünsch dir was, ich geb es dir,
gibst du deine Seele mir.

BUDDHA *(zu Elohim)*.

Die Seele scheint mir ein Gerücht,
ich glaube, hier ist jetzt bald Schücht!

ELOHIM *(zu Buddha)*.

Warum haben Sie nichts unternommen?
Sie haben noch nie was mitbekommen!

RALF. Dann unterschreiben Sie mal alle hier bitte.

ELOHIM. Nein, halt, tut es nicht, wartet, ihr könnt noch was Vernünftiges mit eurem Leben machen. Einen Volkshochschulkurs zum Beispiel.

BUDDHA. Kommen Sie runter, die hören Sie nicht mehr. Die Zeit drängt. Bringen Sie das Mädchen in Position.

13. Das Mädchen kommt aus dem Tank.

DAS MÄDCHEN (NICOLE) *(singt)*.

Aufwachen, der Tag ist noch da
und ich
alles zu hell,
und keine Ahnung, was man damit macht,
mit sich und den Stunden.

Aufwachen, ruhig sein,
nein, tut weh.
Und was ich im Spiegel seh,
hat immer Söckchen an,
und keiner lacht und sagt guten Morgen.

Aus dem Haus und suchen, rennen,
hinter jede Ecke sehn,
da versteckt sich das Glück.
Man muss ihm nur entgegengehen
oder sterben,
dann erübrigt sich die Suche.

Hunger und nicht wissen, worauf.
Jemand halten,
doch dieser Jemand fehlt halt.
Vielleicht nur mit sich sein,
doch ich bin mir zu fremd,
und am End
sag ich mir: aufstehn,
doch ich weiß nicht, wozu.
Wie wär's mit Anziehn?
Weshalb ich das wieder tu.

Vielleicht doch lieber sterben,
dafür muss ich mich nicht anziehn,
ich werd's mir überlegen.

ALLAH. Na, so richtig eingeschlagen hat Ihre Therapie ja nicht!

BUDDHA. Ich war ja auch noch nicht fertig!

RALF. Gott, ist die süß.

PUDEL. Ja, die ist mir gelungen. Also, hopp, ran an die Möpse. Kassier ihre Seele ein, und dann ist Schicht im Schacht.

RALF. Hallo, Mädchen, wie ich sehe, sind wir unglücklich?

PUDEL. Ich bin gerade in so einer finalen Plagelaune. Nach meiner Liste wären jetzt die Läuse dran.

DAS MÄDCHEN. Ja, es juckt so.

RALF. Das sind nur Läuse. Die gehen weg, wenn man die Haare abschert.

AMEISENBÄR 1. Mir hat noch nie jemand die Haare geschnitten.

*(*RALF *und das* MÄDCHEN *sehen sich ein wenig zu tief an.)*

PUDEL. Aha, wir werden romantisch. Da schick ich mal schnell eine Schlangen- und Skorpionplage.

RALF. Schau nur, Schlangen und Skorpione.

DAS MÄDCHEN. Was für anmutige Tiere ... Wo waren wir stehen geblieben, ah ja, und ich wurde älter und einsamer.

RALF. Trauern kann man in den mittleren Jahren, da man die Sterblichkeit versteht und wie wenig man am Lauf der Welt verändern wird, das zu beweinen steht jedem zu. Aber irgendwann wäre es angebracht, die eigene Larmoyanz zu überwinden. Natürlich sind wir nur kurze Zeit hier, natürlich sind wir enttäuscht, natürlich ist der eigene Verfall kein Schauspiel, dem man freiwillig gerne beiwohnen möchte. Aber was soll's? Wir sind ja nicht allein mit unserem Schicksal.

DAS MÄDCHEN. Und ich bin allein ...

RALF. Du bist wirklich REIN. Ich könnte bei dir bleiben. Vielleicht könnte ich dich lieben.

DAS MÄDCHEN. Würdest du das für mich tun?

RALF. Irgendwie ja.

(Die Götter jubeln.)

PUDEL. Raus aus ihrem Bungalow, in eine Zweiraumwohnung, einen Job suchen, vielleicht noch mal ein Kind bekommen, glaubst du, du wirst mich in so einem schäbigen Lebensentwurf von deiner Zufriedenheit überzeugen können?

DAS MÄDCHEN. Ein sprechender Hund, wie süß.

PUDEL. Ja, ich bin entzückend. Aber hören Sie. Wollen Sie wirklich diesen Versager ohne Berufsausbildung? Schauen Sie, wie er ohne seine edlen Trikotagen aussieht.

DAS MÄDCHEN. Rührend.

DIE AMEISENBÄREN *(singen).*

Sie sagen oft, es ist vorbei
und unsre große Liebe ist verendet.
Sie sind so müd vom Einerlei.
Drum wird das Naheliegende beendet.
Sie denken nicht,
wie schwer es ist,
dass man nicht ganz
alleine frisst.
Wer keinen andern kraulen kann,
wird sicher böse irgendwann.

PUDEL. Ich könnte Ihnen eine Villa an der Côte d'Azur, ein nie versiegendes Privatvermögen und zum Beispiel – diesen Mann – versprechen.

(Man sieht Marc Jacobs.)

DAS MÄDCHEN. Und der würde mich lieben?

PUDEL. Mit einem Reinvermögen von 5,8 Billionen, ziemlich sicher.

DAS MÄDCHEN. Die Côte d'Azur ist mir zu überlaufen.

PUDEL. Einladungen zu den Oscars! First row bei den Fashionweeks! Ewige Jugend!

DIE AMEISENBÄREN *(singen).*

Sie sagen oft, es ist vorbei
und unsre große Liebe ist verendet.
Sie sind so müd vom Einerlei.
Drum wird das Naheliegende beendet.
Sie denken nicht,
wie schwer es ist,
dass man nicht ganz
alleine frisst.
Wer keinen andern kraulen kann,
wird sicher böse irgendwann.

DAS MÄDCHEN. Lassen Sie mich noch einmal mit ihm reden, unter vier Augen.

PUDEL. Bitte.

DAS MÄDCHEN. Der seltsame Hund offeriert mir Merkwürdigkeiten. Ich muss mich entscheiden. Ich meine, wir kennen uns ja kaum.

RALF. Ich kenne dich besser, als du wissen willst. Könntest du dir vorstellen, mit mir zu leben?

DAS MÄDCHEN *(singt).*

Leben kann ich fast mit jedem,
doch *ich* habe nicht gelangt.
Kalte Füße, schlecht im Reden,
habe deshalb nicht gelangt.

Bin nicht schnell und nicht verchromt,
ich bin nichts, wofür es lohnt.

Wollt nur einer mit mir sein,
komm mit mir, komm mit mir,
ich halte dir.

RALF. Wir könnten uns festhalten, wenn wir Angst haben, und wärmen, wenn eines friert. Wir könnten uns gemeinsam langweilen. Wir könnten zusammen altern und sterben.

DAS MÄDCHEN. Altern und sterben klingt gut. Lass mich darüber schlafen.

14. Die Entscheidung.

BUDDHA. Ja, meine Herren, ich glaube, wir haben es. Lust auf eine Runde Croquet?

ALLAH. Eine hervorragende Idee …

ELOHIM. Wir haben noch nicht gewonnen. Er wird noch mal alles versuchen. Da … sag ich's doch …

PUDEL. Nehmt dies: Drei Tage Dunkelheit.

DAS MÄDCHEN. Diese Dunkelheit reflektiert quasi gleichsam den Zustand meiner Seele. Soll ich den Reichtum wählen, das Bliss Spa in New York, ein Apartment Mid Level in Hongkong, Prêt-à-Porter von Lanvin oder den durchschnittlich aussehenden bösen Ralf, der keinen Beruf hat, und wir in der Zweiraumwohnung, jeden Morgen zur Arbeit, und die Winter zu lang und …

PUDEL. Vielleicht werdet ihr euch nicht lieben, und er fängt an zu trinken.

DAS MÄDCHEN. Und die Uhr tickt, und er kocht Fleisch und wischt sich die Hände an der Kittelschürze ab.

AMEISENBÄR 1. Und kein Ameisenbär im Haus.

AMEISENBÄR 2. Das Mädchen quält sich mit Fragen ohne Antwort, den Bösen quälen seine Vergangenheit und das Wissen um die Welt.

AMEISENBÄR 3. Es regnet, und am nächsten Morgen steht er vor dem Bett des Mädchens, um ihren Schlaf zu beobachten.

DAS MÄDCHEN. Ich weiß, was ich will.

(PATRIK *taucht aus der Versenkung auf.)*

PATRIK. Nicole, du bist verheiratet.

DAS MÄDCHEN. Es tut mir leid. Ich weiß jetzt, dass ich dich nie geliebt habe. Stückweit.

PUDEL. Eh zu spät. Nehmt Abschied von der Welt … das Siebenwerk, die Schaffung der Welt. Letztlich alles Menschenwerk, das versucht den Gläubigen Verbindung zum Schöpfer, die Verbindung zwischen Ewig- und Endlichkeit zu vermitteln. Leitplanke für die Ungläubigen. Wer mit der Sieben lebt, der lebt in Anlehnung an Karl Jaspers Wand an Wand mit dem nicht Verstehbaren. Er versteht nicht mehr, weiß vielleicht aber mit dem Nichtverstehen umzugehen. Die Absicherung im freien Fall zwischen Leben und Tod.

AMEISENBÄR 1. Entschuldigen Sie die Unterbrechung. Es waren nur sechs Seelen. Nicole ist vom Vertrag zurückgetreten.

PUDEL. Das kann sie nicht. Das hat ihr – der Teufel gesagt …

RALF. Richtig. Vater, wenn du hier schauen wolltest, ich habe da eine Klausel eingefügt …

MARIA. Komm schon, beruhige dich. Ich habe für dich tanzen gelernt.

PATRIK. Komm mit mir nach Bangladesch. Ich habe ein Buch gekauft: *Was Frauen wirklich wollen.* Um unserer guten Jahre willen …

RALF *(singt).*

Du hast doch immer so geträumt,
von etwas, das viel größer ist,
und hast dann morgens schon geweint
über all den tristen Mist.
Der Stapel Rechnungen im Müll,
in der Nacht lagst du starr still.

DAS MÄDCHEN, DIE AMEISENBÄREN *(singen).*

Rosen soll es regnen,
kleine Häschen schnein,
lass die Liebe leben,
lass sie in dir sein.

DAS MÄDCHEN.

Nie würdest du den Oscar kriegen,
nie einmal um die Welt rumfliegen,
du gehst zur Arbeit früh um acht,
hast du das früher mal gedacht,
als du von Lady Di geträumt,
die deine Sachen dir nachräumt.

RALF, DIE AMEISENBÄREN.

Rosen soll es regnen,
kleine Häschen schnein,

lass die Liebe leben,
lass sie in dir sein.

DAS MÄDCHEN, DIE AMEISENBÄREN.

Was ist das schon, das kleine Leben,
ein Haufen Stunden voller Müll,
du drehst dich um und greifst den Menschen,
der aus Versehen bei dir ist.

DAS MÄDCHEN, RALF.

Du kraulst den Bauch und weißt dann eben,
dass du doch sehr glücklich bist.

RALF, DAS MÄDCHEN, DIE AMEISENBÄREN.

Rosen soll es regnen,
kleine Häschen schnein,
lass die Liebe leben,
lass sie in dir sein.

15. Finale.

ALLAH. Schaut nur, wie niedlich, die beiden in der Zweiraumwohnung des Mädchens.

RALF. Ein paar Wochen war es der Überschwang, der uns verband. Sie schien golden, und sie zu berühren, überall, war eine Tätigkeit, die ich 24 Stunden ausführen wollte. Nach einem halben Jahr, ungefähr, ließ die chemische Wirkung nach.

DAS MÄDCHEN. Dann verlor er ein wenig seinen Glanz.

RALF. Das Mädchen wurde ein wenig zu einem Mädchen.

PUDEL. Wusst ich's doch.

RALF. Ein warmer Abend, und ich sah sie genau an. Sah kleine Falten, einen schiefen Zahn, die Brust, die sich hob und senkte, ich sah einen Menschen, der nicht böse war, nur unzulänglich.

DAS MÄDCHEN. Ich sah ihn, er bekam einen Bauch, und die Haare gingen ihm aus, und mir wurde so merkwürdig warm.

BUDDHA. Wenn man sein Leben nicht als Dummkopf verbracht hat, wird man für die äußerlichen und gesundheitlichen Unannehmlichkeiten mit ein paar angenehmen Umständen belohnt. Man wird gelassen. Weiß, dass Liebe durchaus möglich ist, wenngleich auch nicht in jener hysterischen Form, die wir in der Jugend gesucht haben. Zehn Mal am Tag Geschlechtsverkehr und sterben wollen vor Sehnsucht, das ist doch wirklich anstrengend auf Dauer.

DAS MÄDCHEN. Liebe ist das, was bleibt. Es ist klein und vertraut, es ist freundlich und hat einen dicken Bauch. Geliebt werden heißt: Jemand erträgt dich. Er kocht dir ab und zu einen Tee und krault dir den Kopf. Es ist doch nicht schlecht, mit dem kleinen stillen, bäuchigen Glück zufrieden zu sein, den Tod nahen zu sehen, zu bedauern, aber lächelnd die Schultern zu zucken und sich zu sagen: Was soll's, so ist es eben. Bin ja nicht allein damit.

RALF. Und so lange schau ich, dass ich keinen Unfug anstelle. Ich mache das, was ich mache, sorgfältig, denn die Ruhe kann ich mir heute leisten, ich schaue mir Menschen genau an, und wenn ich sie nicht mag, verbringe ich meine rare Zeit nicht mit ihnen. Ich muss nicht mehr in Bars lümmeln, um mir zu beweisen, dass ich lebendig bin. Wenn es mir passt, ein paar Tage im Bett zu verbringen, weiß ich, dass ich außerhalb des Bettes nichts verpasse.

DAS MÄDCHEN. Die Welt wird weiter und auch ohne mich ein Ort sein, an dem immer wieder ein paar nette Sachen passieren, die sofort von Gier und Dummheit negiert werden. Ich werde das nicht ändern, aber ich kann ja so tun, als glaubte ich, es zu können. Und die Liebe, mein Gott, die Liebe. Die wird ja wohl ein bisschen überschätzt. Kann ich nicht alle lieben, von Zeit zu Zeit? Kinder, Omas, Opas, meinen Mann, meine Frau, meinen Hund, den Nachbarn, den Frühling, eine Tasse Kaffee auf dem Balkon im Herbst?

RALF. Es macht alles dasselbe Gefühl von Behaglichkeit, und um viel mehr kann es sich doch beim besten Willen nicht handeln, wenn man bedenkt, dass jeder Tag aus 1440 Minuten besteht.

DAS MÄDCHEN. Nein, ich nehme dich und die Liebe.

(MARIA *und* PUDEL *fassen sich an den Händen.)*

PUDEL. Ich reg mich nicht mehr auf.

(MARIA *nimmt ihn an der Hand.)*

PUDEL. Aber ihr habt es nicht rausgefunden, das Geheimnis, das, was die Welt zusammenhält …

DAS MÄDCHEN *(zu* RALF*)*. Schau nur, zwei Ameisenbären. Ich glaube, sie haben dich lieb.

ALLE *(singen)*.

Lass uns die Welt zum Guten drehn.

Nachwort

Niklaus Helbling

Im Bergwerk mit den Tieren

Das Anekdotische vorweg: Im Frühjahr 1999, ich hatte gerade nach zehn Jahren Dramaturgen-Dienst mit der musikalischen Produktion »Bambifikation« in einem Zürcher Disco-Keller ins Regie-Fach gewechselt, bekam ich von der Schweizer Musikerin Erika Stucky einen Packen Papier zugesteckt. Das war die Urfassung von *Helges Leben*, ein auf drei Abende angelegtes Welttheater mit Puppen, Tieren und Song-Texten. Sibylle Berg war mir dem Namen nach als Kolumnistin aus der *ZEIT* ein Begriff, doch das Stück-Konvolut las sich wie eine kühne, krude Neuerfindung des epischen Theaters. Die Sängerinnen, Erika Stucky und Sina, beide etablierte Größen im Schweizer Show-Geschäft, waren in den Rollen von Frau Gott und Tod gesetzt, und ich erfuhr, dass der Text an mich gelangt ist, weil ich mit Musikern auf der Bühne gut umgehen könne. So wurde ich Mitarbeiter im Bergwerk.

Im TuT, dem Theater unter Tage, der Keller-Spielstätte des Schauspielhauses Bochum, fing es also an. Mit den Musikerinnen, mit dem Bühnenbildner Dirk Thiele, der Choreographin Salome Schneebeli und Sibylle Berg baute ich das erste Berg-Biotop, einen Spiel-Kosmos im Party-Keller des Tapirs, der sich von Frau Gott zu seiner Unterhaltung ein Menschenleben erschaffen lässt. Theater im Theater, Menschen als Spielzeug von Tieren, Götter als Entertainer – alle Stücke von Frau Berg sind Spiel-Systeme, die es in ihrer ironischen Ganzheit auszumessen und zu realisieren gilt. Eine unglaublich verlockende und anspruchsvolle Aufgabe für einen Regisseur. Von Anfang an, und auch bei den zwei nächsten Stücken, die wir in Bochum aufführten, war die Autorin auf den Proben mit dabei. Merkwürdigerweise stellte sich nie das Gefühl von Kontrolliertwerden ein. Es fand vielmehr ein Tausch statt. Die Autorin genoss es, Teil der Truppe, der Familie zu sein, und gab uns als Gegenleistung mit ihrer Präsenz, ihrem eigenen Witz ein genaues Gefühl für den trockenen, aber auch großzügigen Humor ihrer Texte.

Denn so grimmig und traurig die Bergstücke auf den ersten Blick sind, und so eingezwängt die Figuren in ihre kleinen Wünsche und die unerbittlichen Gesetze des Marktes scheinen, die Möglichkeit des Aufbegehrens und der Befreiung ist immer auch mit enthalten. Frau Gott, der Tod, Helge und Tina mit ihren personifizierten Ängsten, die ihnen wie Dämonen im Nacken sitzen, der Tapir, das süße Reh und der coole Schnapphamster, die dumpfen Eltern und die verrückte Krankenschwester kämpfen sich zusammen durch ein Leben, durch eine arme Menschen-Show. Sie haben keine Chance und sind doch Helden für eine Nacht. – *Helges Leben* hatte im Oktober 2000 Premiere und war sogleich ein Kult-Erfolg. Es gab sogar, im Theater selten genug, einen Fan-Club von Studenten, die die Aufführung regelmäßig besuchten, im Chor ihre Lieblingssätze mitsprachen, die Songs auswendig konnten, gleichzeitig mit Helges Vater ihre mitgebrachten Bierdosen öffneten und auf einer Homepage die Vorstellungen kommentierten.

Der Moment kurz vor dem Tod, in dem das Leben noch einmal an dem Sterbenden vorbeizieht, ist der Dreh- und Angelpunkt des zweiten Stückes, *Schau, da geht die Sonne unter*. Spiegelbildlich werden zwei Lebens-Sphären einer deutschen Stadt, die der Gescheiterten und die der Erfolgreichen, von einem namenlosen Mann (ER 1 und ER 2) durchlaufen. Am Anfang und am Ende geschieht ein Autounfall, der die beiden Rückblenden eingrenzt. Ein Arzt begleitet den Mann auf seinem Weg in den Tod und agiert dabei auch als Spielleiter, der Gegenstände und Nebenfiguren darstellt und das Geschehen kommentiert. Sieben Personen sind jeweils die Bevölkerung der armen und der reichen Stadthälfte, und unter ihnen läuft eine junge einsame Frau (SIE 1 und SIE 2) dem Mann entgegen. Sie begegnen sich zufällig, es entspinnen sich zwei spröde, rührende Liebesgeschichten, die, kaum angefangen, von dem rasenden Auto (bedient vom Arzt) wieder abgeschnitten werden. Wie eine böse Version von Thornton Wilders *Unsere kleine Stadt* entsteht das in zwei Klassen gespaltene Modell einer urbanen Gesellschaft im absoluten Kältezustand.

Schau, da geht die Sonne unter ist das zarteste, aber auch das realistischste der Berg-Stücke. Es spielt ganz in unserer Menschenwelt. Es gibt das Büro, die Zeitungsredaktion, die Kneipen mit den Rechtsradikalen, das Café, die Bar. Die Prostituierte erzählt von ihrer Arbeit, der kranke Mann von seinem Krebs, der Kneipier hat mal Gedichte geschrieben und die Kassiererin dachte, sie wird vielleicht ein Rock-Star. Die Verhältnisse sind – und das gilt auch für die andere Stadtseite mit den Prada-Taschen und Designermöbeln – gänzlich nicht, wie sie sein sollten, und auch gibt es keine Aussicht auf Besserung. Und dass sich dazwischen ein Gummibaum, der Krebs, die Aussicht, der Jugo oder Udo Jürgens zu Wort melden, schafft nur kurze (komische) Erleichterung. Die Tiere haben sich zurückgezogen, sie kommen diesmal nur im Zoo vor. Dort lernt der Mann (ER 1) angesichts des hässlichen Stöpselhundes seine Einsamkeit zu relativieren, und dort begegnet er der Frau (SIE 1). Ein mögliches Glück deutet sich kurz an. Am Ende bleibt nur der an ein barockes Emblem gemahnende Trost, dass, ob reich oder arm, die Liebe die einzige Erlösung in unserem Leben ist, und der Krebs oder das tödliche Auto schneller um die Ecke biegen, als uns lieb ist. Daran kann auch der Arzt nichts ändern.

Das wird schon: Im Wartezimmer sitzen zwei Frauen. Sie kennen sich nicht, aber sie wollen beide diese Therapie machen, die merkwürdigerweise in der Silvesternacht durchgeführt wird und ein radikales Resultat verspricht: *nie mehr lieben*. Den »Königskurs« nennt der Therapeut dieses Angebot, und er selber dient dabei als »Universalmann«, indem er die Frauen erst hypnotisiert und ihnen dann als ihre verflossenen Liebhaber und Ehemänner erscheint, um ihnen das Lieben so endgültig abzugewöhnen wie das Rauchen. Es ist die verzweifelte Geschäftsidee eines flutgeschädigten Ostdeutschen, als Liebes-Heiler zu wirken, eine große Psycho-Kurpfuscherei, die eine Fülle von peinlich verkorksten bis grotesken Paar-Szenen produziert. Die Patientinnen sind zunächst befremdet, doch ihre Erniedrigung unter die männliche Dummheit ist schon so weit fortgeschritten, dass es auf schreckliche Weise Sinn macht, sich gerade von diesem schlimmsten Exemplar den Glauben an den Mann fürs Leben austreiben zu lassen. Das Klageweib, die grimmige Assistentin des Universalmanns, hat das alles schon hinter sich. Sie begleitet diese Austreibung als eine Art Hilfs-Schamanin und überreicht den Frauen zum Schluss zwei Klageweib-Schleier. Nicht mehr lieben heißt Klageweib sein. *Das wird schon* ist ein klar gebautes, satirisch pointiertes und trauriges Berg-Lehrstück über die Abwesenheit der Liebe und gegen »den Quatsch, der uns industriell erzählt wird, damit wir Cremes kaufen«. Was hingegen von einer Laufbahn als Klageweib zu halten ist, was uns also jenseits der Desillusionierung erwartet, das muss sich die Leserin selber ausdenken. Das Lehrstück kommt da ebenso beschädigt daher wie die Gefühlskultur, die es bekämpft.

Und was ist mit den Tieren? »Ich hab es satt das alles hier – am liebsten wäre ich ein Tier«, singt der Universalmann in seinem Eröffnungslied, ansonsten fehlen sie in *Das wird schon* ganz. Nur das Klageweib spricht einmal davon, eine Amsel kennen gelernt zu haben, aber: »Amseln sind solche Dreckschweine.« Die Vorbild- und Glückswesen scheinen sich von den Menschen abgewandt zu haben. Nur gut, dass sie im nächsten Stück zurückkommen. Die Ameisenbären in *Wünsch dir was* sind wieder die frechen, tröstlichen Berg-Kuscheltiere. Sie regieren jedoch nicht die Welt, sondern wohnen als gelassene Zeugen zwischen den Menschen und den Göttern. Manchmal verwandeln sie sich auch in Mädchen, Hasen und schadenfreudige Kakerlaken, aber das liegt daran, dass sie in einem »broadwaytauglichen Musical« der Chor sind. Und dann gibt es noch den Pudel, aber der zählt nicht wirklich, denn er ist nur der Tarnanzug Gottes auf Erden.

Gott ist enttäuscht von seiner Schöpfung. Er besucht als Pudel die Menschen und sieht, dass sie schlecht sind. Seine Kollegen, Allah, Buddha und Elohim, geben sich da viel entspannter. Sie trinken Cocktails und spielen Croquet im Himmel. Maria hingegen sitzt Gott im Nacken, sie will endlich schwanger werden. Gottes Burnout nimmt katastrophale Züge an, er ist entschlossen, die Welt zu zerstören. So ist die Ausgangssituation von *Wünsch dir was*. War *Helges Leben* noch ein Welttheater-Vaudeville im Taschenformat, so haben wir es jetzt mit einem kosmischen Musical zwischen Himmel und Erde zu tun. Die Geschichte vom depressiven Schöpfer im Pudel-Kostüm geht mit literarischen Versatzstücken um. Teufelspakt und Seelenhandel, der gefallene Engel und die Bannung des Bösen durch die Liebe – die Profanierung der heilsgeschichtlichen Motive wird im großen Stil betrieben. Und gerade im Niederreißen des höchst Sakralen liegt auch der erlösende Witz dieses Stückes. Doch zunächst ist die Geschichte bitter. Dass Gott seinen Sohn mit Hilfe einer gruseligen Casting-Show ermittelt und dass dieser böse Ralf dann die Menschen mit seinen Seelentauschgeschäften nach Strich und Faden verarscht, könnte schwärzer und deprimierender nicht sein. Den Menschen, seien es Patrik, Nicole, der Musiker oder der Bengale, wird mit aller Brutalität vorgeführt, wie gefangen sie in ihren kurzen Wünschen sind und wie wenig ihre kleine Lebenskraft vermag. Doch dann, ganz gegen den Willen Gottes, erweist sich gerade der böse Ralf als menschlicher als die Menschen: Er verliebt sich in »das Mädchen«, also in die von den Götter-Kollegen neu programmierte Nicole, und es kommt dank der guten Ameisenbären zum glücklichen Ende: »Rosen soll es regnen / Kleine Häschen schnein / Lass die Liebe leben / Lass sie in dir sein.« So kitschig die Verse auch klingen, man ist wirklich erleichtert und dankbar, dass das Grauen noch einmal abgewendet werden konnte.

Wünsch dir was zeichnet in hohem Maße aus, was alle Berg-Stücke für einen Regisseur verlockend macht: Es ist ein Spiel-System. Man könnte von einer Post-Brecht-Dramaturgie sprechen. Epische Elemente, Songs, Götter, Ärzte und Therapeuten in Spielleiterfunktion, modellhaftes Nebeneinander der Lebensräume von Menschen, Tieren und Göttern, offener Umgang mit Requisiten, die manchmal auch sprechen können – es wird immer offengelegt, was da auf der Bühne gemacht wird, jede Illusionierung, jedes Einfühlen wird mit trockenstem Witz verfolgt und entlarvt. Es herrscht ein Theater-Misstrauen, das man gerade als Theatermacher als Herausforderung verstehen muss und das sich in der Arbeit immer als produktiv erweist. Denn hinter aller Schroffheit, unter aller Einsamkeit wird das Bergwerk eben doch angetrieben von der Sehnsucht nach Gemeinsamkeit, nach den vereinten Kräften, nach der Brecht'schen Arbeits-Räuberbande. Diese Liebe zum Theater ist nicht sentimental, aber auch nicht geheim. Sie wird nur sorgfältig geschützt, damit sie erhalten bleibe und sich vermehre wie die Schnapphamster, Stöpselhunde und Ameisenbären.

Über die Autorin

Geburtsdatum: 2.6.1962
Geburtsort: Weimar/D
Website: www.sibylleberg.de
Ausbildung: Abitur, mehrere abgebrochene Studien, abgebrochene Ausbildung an der Scuola Teatro Dimitri.
Lebensstationen: 1984 Emigration aus der damaligen DDR in die Bundesrepublik Deutschland, Wohnort Hamburg. 1996 Übersiedlung in die Schweiz nach Zürich.
Tätigkeiten: Ab 1984 tätig in verschiedensten Berufen, u.a. als Lexikonverkäuferin, Werbetexterin oder Lastwagenfahrerin.
Ab 1990 erste Veröffentlichungen von Texten/Reportagen in Zeitungen und Zeitschriften, u.a. Kolumnistin für *Das Magazin* des *TagesAnzeiger*.
Seit 1997 freie Autorin und Journalistin in Zürich.
Von 2003–2005 Mitherausgeberin und 2004–2005 Chefredakteurin des Foto- und Literaturmagazins *Kult*.

Publikationsliste: *Ein paar Leute suchen das Glück und lachen sich tot* (Roman), Reclam: Leipzig 1997.
Sex II (Roman, mit Fotografien von Jules Spinatsch), Reclam: Leipzig 1998.
Amerika (Roman, auch als CD), Hoffmann und Campe: Hamburg 1999.
Das Unerfreuliche zuerst (Herrengeschichten), Kiepenheuer und Witsch: Köln 2001.

Gold (gesammelte Artikel u. a. aus der ZEIT, auch als MC und CD), Kiepenheuer und Witsch: Köln 2002.
Ende gut (Roman), Kiepenheuer und Witsch: Köln 2004.
Habe ich dir eigentlich schon erzählt … (Ein Märchen für alle), Kiepenheuer und Witsch: Köln 2006.
Die Fahrt (Roman), Kiepenheuer und Witsch: Köln 2007.

Theaterstücke: *Helges Leben* (Uraufführung Schauspielhaus Bochum 2000)
Hund, Frau, Mann (Uraufführung Theater Rampe, Stuttgart 2001)
Herr Mautz (Uraufführung Theater Oberhausen 2001)
Schau, da geht die Sonne unter (Uraufführung Schauspielhaus Bochum 2003)
Das wird schon. Nie mehr Lieben! (Uraufführung Schauspielhaus Bochum 2004)
Wünsch dir was! Broadwaytaugliches Musical (Uraufführung Schauspielhaus Zürich, 2006)

Auszeichnungen: Marburger Literaturpreis 2000
Wolfgang-Koeppen-Literaturpreis 2008